自序

第二隻長頸鹿

Preface: The Second Giraffe in Copenhagen

> ……幾千年來，你被追捕獵殺，只為了你的肉與象牙。但在文明時代，人們開始將殺戮當成娛樂和功勳，似乎透過殺害地表上最雄偉生物這種病態的方式，能減緩我們身上所有的恐懼、挫折、懦弱和不安全感，這肆無忌憚的行為彷彿能為我們的生殖能力打上一道奇光，彷彿能夠讓人重新壯陽起來。
> 那當然，還有一些老說你沒有用處，說你毀壞田裡作物、讓飢荒加劇，說人類已經有夠多問題、自顧不暇、哪有辦法為大象著想的人，他們實際上的意思是，你是奢侈，我們無法負擔，這跟那些極權主義者提出的論述完全一樣——無論是史達林、希特勒或是毛澤東，他們以此佐證，宣稱進步的社會無法負擔「個人自由」這樣的奢侈。人權如同大象，如同提出異議、獨立思考的權利，如同反對和挑戰威權的權利，經常被以「必要性」輕易地質疑並加以扼殺、壓抑。
> ——節錄自羅曼 · 加里[1]〈親愛的大象先生[2]〉

羅曼・加里於一九四〇年駕駛飛機從法國投奔北非的自由法國空軍，在阿比尼西亞、利比亞和比利時等地作戰，與死亡擦身之際，同大象相視而臥，在很多年之後的一九六七，他將這件事寫進了〈親愛的大象先生〉，一封給大象先生的情書。最懂大象的緬甸人相信，象的記憶

1 | Romain Gary。譯名原文對照，以下註同

2 | Dear Elephant, Sir

長過生命，能夠記得前世的事情，其實大象並不需要讀信，象早就甚麼都知道，甚麼都理解。這封信在人類編輯發行給人類看的《生活$_3$》雜誌上刊登，表示這是文學家想對人類說的話。

我是最不願意一開頭就提到死亡的。

死亡、或是諸如此類的話題，總會讓人想要別過頭去或是閉上眼睛，因為那些畫面對於愛護生命的心靈來說太過醜陋，但遠方一隻長頸鹿的死提醒我，所有對生命的愛護都應該包括面對死亡。

二〇一四年二月七日，在丹麥的哥本哈根動物園裡，飼養員使用電擊槍，乾淨俐落地殺死了一隻長頸鹿，他們說這樣做能將死者的痛苦減到最低，且不會使動物遺體內有毒物殘留，是大部分先進的電動屠宰場採納的方式。

這隻長頸鹿是跨國繁殖計畫的一員，十八個月大，雄性，沒有生病，沒有遺傳缺陷，但由於他的基因與多數長頸鹿太過接近，無法確保未來不會造成近親交配，再者，長頸鹿有雄性獨佔的天性，園方即將迎接新來的雄性長頸鹿以利繁殖，兩隻雄性長頸鹿將無法和平相處。他們自認已盡所有力量為這隻長頸鹿尋找新的住處，但沒有一處適合，沒有人能夠保證長頸鹿一生幸福快樂，與其面對可能受苦的未來，不如現在就赴死——動物園的科學總長挺身面對質疑，對科學與基因優化的遠大前程深信不疑，公開邀請大人小孩到現場觀看長頸鹿之死，長頸鹿倒下之後，獸醫開始對這隻大動物進行解剖、採樣、說明構造，最後工作人員將遺體分割成塊，投餵給園內的獅子，在獅子大快朵頤新鮮肉品的時候，長頸鹿染血的斑紋歷歷在目。

我知道所有的生物都是食物鏈的一環，包括我自己，但這片人為重建的自然食物鏈令我疑惑，比起我的疑惑，保育人士的憤怒更加直接，在長頸鹿被處死之前，網上已有超過兩萬人連署反對、示威民眾在園外舉牌抗議多日、園方人員甚至收到死亡威脅。

比起死亡更加難聽的就是錢。

但所有動物園的問題，都是錢的問題，一窩不能容納兩隻公長頸鹿，難道不能讓他另外住、不繁殖、直到終老嗎？養長頸鹿，要花錢的，一隻長頸鹿一天要吃五十幾公斤的糧草，還要一百四十平方公尺以上的空間，加上全職的專業飼養人員，有錢的話，當然好，但現實則是預算過低、場地不夠、人手不足，所以長頸鹿必須死。當然並不是給錢就能解決所有的問題，還有一些不能為錢放棄的原則：曾有幾處野生動物園表示願意接收長頸鹿，另有一位私人買主願以五十萬歐元購買，但園方以對方無法維持飼養長頸鹿的標準條件而拒絕，這難道不是正直的表現嗎？

正如很多人想像的，歐美先進國家擁有非常完善的動物福利法，但很少人知道，究竟是怎麼個完善法。根據《國外動物福利管理與應用》一書，保護動物不只是確保其生存，也包括如何「好好地死」：歐盟和美國當今的動物福利法，以「減少動物不必要的痛苦」為原則，在運送、圈養、宰殺方式和屠宰資格上，有非常細緻的規範，單就電擊法來說，必須確保電流通過動物的腦部，且在電擊前先確保動物已經昏迷。我敬佩所有真心熱愛動物，並且願意觸碰死亡議題的人士，最具代表性的便是高功能自閉患者、動物行為科學家坦波・格蘭登[4]教授，她長期致力於改善畜牧業及屠宰場環境，不但能夠

4 | Temple Grandin

最純淨的心靈走上最殘酷的道路，馬爾薩斯的人口論和達爾文主義被曲解成為種族主義、日軍七三一部隊以醫學研究之名在中國進行人體實驗、納粹以優生學為藉口、以民族優越感為助力，大規模屠殺猶太人，當第一個「不值得活」的人被殺，而無人質疑，其後便會有第二個人被殺，有第二個人被殺，就可能會有第六百萬個人被殺。

長頸鹿馬略死後幾天，丹麥的另一處動物園宣布，為了迎接一隻母長頸鹿到來，避免原來兩隻雄性為爭地位打架，可能將要宰殺其中一隻公鹿，那隻長頸鹿七歲，也叫做馬略。第二隻叫做馬略的長頸鹿若被殺死，將不只是兩隻長頸鹿的死亡而已，將死亡當作功勳，無論以科學之名或是道德之光，那絕對不可能是正確的事情，馬略二號後來逃過一劫，但不是因為洪水般襲來的輿論壓力，而是他的基因「比較稀少」，因為基因而逃過一死，我要繼續挑剔這樣的理由還是很殘忍，還是只要他活下來了就好？

我經常走在往動物園的路上，這讓自我辯證成為一種常態，到了最後我經常還是沒有答案，但我相信這個世界的正解不只一個，而找到正解也許不是最重要的事情，重要的是維持清醒，捍衛思考不被激昂的感情左右，不被那廉價的同情與自傷牽絆，不再因為遠方長頸鹿的死而遷怒，有些事情現在可以馬上就做到，比方說：動身前去探望一隻離家最近的活長頸鹿，或是任何一名你喜歡的動物——包括人類。

倫敦動物園的長頸鹿

是一張合成照。

平克・佛洛伊德的排場印證了一九七〇年代百萬名團砸錢製作不眨眼的氣度，但那同時也是一個講究粗糙的批判年代。隔著泰晤士河與電廠相望，正在崛起的薇薇安・魏斯伍德[36]也許正在店裡冷眼旁觀，她的第一間店「SEX」跟龐克搖滾一同萌芽茁壯，就開在波希米亞式嬉皮生活圈「世界的盡頭」這個地方，當時龐克樂手經常對當紅搖滾樂團重火開砲，「性手槍」首任主唱強尼・羅頓[39]曾經穿著一件手寫「『我恨』平克・佛洛伊德[40]」的上衣表演，而平克・佛洛伊德的《動物》，也有那麼一點藉著充氣膨脹的粉紅豬來反擊這些「臭豬頭」的意思，他們認為龐克對虛無追求，對成熟組織的指控，都是不自量力的自我膨脹。

無論怎麼吵，在三十年後的今天，平克・佛洛伊德、性手槍和薇薇安・魏斯伍德各路藝術家都已經入主殿堂，我們可以搭一台三四四號公車，從E&C出發、行經泰晤士河對岸的巴特西電廠，遙望有如蜃樓孤島一般的「世界的盡頭[37]」，有如遙望已經過去的搖滾全盛時期。

平克・佛洛伊德在專輯發行之後隨即展開名為「血肉之軀[41]」的巡迴演唱，他們不管到哪裡都帶著一隻相貌貪婪的粉紅色印花豬仔，做為演唱會吉祥物，在《動物》之後的下一張專輯就是曠世巨作《牆[42]》，在名為「牆」的巡迴演唱時他們則帶了一隻黑豬。

平克・佛洛伊德是偉大的樂團，但我覺得他們從未打從心

36 | Vivienne Westwood　37 | World's End
38 | Sex Pistols　39 | Johnny Rotten　40 | "I hate"Pink Floyd
41 | In The Flesh　42 | The Wall

裡尊重過豬，從來沒有。

然而平克・佛洛伊德在音樂上的傑出是無庸置疑的，《動物》專輯延續藝術搖滾[43]傳統，曲數少而曲目長，專輯全長四十一分四十一秒，只有五首歌，有三首曲子跟豬有關：〈飛天豬第一部[44]〉、〈三隻不同的豬[45]〉、〈飛天豬第二部[46]〉，另外兩首曲名為〈狗[47]〉和〈綿羊[48]〉。

如果我們可以為豬仔做一點點好事，那就是收起虛偽的假批判，別再拿豬罵人，也別再用豬做取巧的比喻，下一次提到豬，或是在飯桌上夾起一塊豬的部位時，在心裡誠懇地說聲：謝謝豬。

43 | Art Rock
44 | Pigs on the Wing, Part I　45 | Pigs, Three different ones
46 | Pigs on the Wing, Part II　47 | Dogs　48 | Sheep

商，自己留下那些「有用的動物」，比方說能載物和作戰的馬匹和牛羊，挑完之後剩下的最後一批「沒用又不知道如何是好」的動物，這些人便想轉贈給巴黎植物園，因為那個時候，巴黎植物園裡還只有博物館，沒有動物園，所以原本贈送的用意，是要做成標本展示哪。

就在這個時候，學者們開始發出聲音，指出沒有活動物的生態王國，不能算是完整的生態，國家正在迎接一個文明的新體制，需要丟棄所有落伍的思想，而作為一個文明國家，公眾動物園是必要的，於是這批從法國大革命殘存下來，凡爾賽宮百獸園剩下的動物，總算免於跟著國王共赴黃泉的命運，搬到植物園一角落腳。

革命徹底地破壞了巴黎之後，共和體制在混亂與恐慌中摸索，許多巴黎市內的大型皇宮和重要建築都經歷了「摧毀、佔用、重建和正名」的過程，甚至有一段期間，各處大專院校一直被群眾「取締」，理由是私立學校是壟斷學問的幫兇與工具，但在這動盪之中，只有巴黎植物園和自然歷史博物館，因為從一開始就對公眾開放而順暢地過渡，大革命的產物——動物園，更是意義非凡。在當時，到處向貴族「索取」動物也成為一種風潮，除了凡爾賽宮倖存的一隻獅子、一隻斑馬和一隻麋羚，園內很多動物其實是法國軍隊從他國貴族處奪取而來的，作為世上第一個從皇家林園轉向公有化的百獸園，這個動物園的去留以及如何經營，激發了政治魔人、博物學家、民主代言人之間各種爭論，比方說猛獸與溫馴動物的比例、警察在預防動物造成公安問題的責任、飼養動物的法規、預算、人力條件以及經營方針、圈養的方式等等。現在回顧起來，許多到了現代依舊討論不停的社會安全以及權益議題，都是在那段為了動物園爭論不休的期間萌起的芽，這個不起眼的小動物園，某種程度是公民社會的搖籃。

呼應著這「萌芽」的基調，巴黎植物園附設動物園的新生兒室特別引人入勝，走進那個圍牆邊的法式小屋，可以看見穿著幼兒園圍兜的幼童列隊，盯著兀鷹寶寶，目瞪口呆的模樣，成熟兀鷹的力量和張揚讓人畏懼，看到成鷹那麼威猛巨大，很容易忘記當初鷹在生命的起點時，也只是弱弱地敲破蛋殼，在人工照明之下發抖、狐疑，經過多少自然界無形的機率配置，才終於茁壯成兇悍的大鳥。

當我們偶然看見一隻大象的等比模型，也許不會因此感到渺小，不會特意歌頌生命的神聖，但當我們走進自然歷史博物館那寬闊空靈的場域，高明地提出了比言詞更加清楚的啟示，那就是人類的存在只是滄海一粟。演化大廳的建築氣氛像極了二戰電影裡，蒸氣漫天迷濛了戀人淚眼視線的大火車站，但是這座車站講的不是人類的簡短歷史，而是漫長的生命演化，柔和的光暈穿透玻璃燈罩，在金屬結構上折射，成群的擬真等身動物模型，展示了來自時間那一端的動物長征，以象為首，其後是斑馬、犀牛、羚羊、長頸鹿、河馬、野牛，牠們雖然靜止，但略為前傾的身體訴說著為了物種的未來「吾往矣」的宿命，在非洲動物群的身後，一具恐龍獸骨，沉默地目送這些現在還活在世上的動物。

任何一個物種，都不是憑空地出現在我們的面前，牠們到底得走過多麼漫長的道路才來到這裡呢？

巴黎植物園和動物園戴著其貌不揚的樸素外表，毫不因為它們見證了近代史上最重大的變革洗禮而趾高氣昂。法國大革命後的兩百二十四年間，人類互相殺戮的武器，從劍盾轉成槍炮、變成戰機與坦

上：一個人類寶寶
下：一隻兀鷹寶寶

克、在加上飛彈、核能、毒氣和惡毒的話語，而這個花園，竟然還在這裡——它一開始就在的地方。

無論是作為現代植物園的標準體，或是第一個對公眾開放的動植物花園，巴黎植物園在習慣姹紫嫣紅、閃爍萬燭的現代觀光客眼中，平凡無奇，甚至有點刻板、嚴肅、步道寬廣筆直卻布滿碎石，彷彿還在等待王侯的馬車滾動，卻容易傷了步行者名貴的鞋與腳。曾經全歐洲植物園都爭相訪造巴黎植物園的模樣，但這流行早已落伍，取而代之的是「路易・威登[6]」旗艦店外大排長龍的奇景。

但是，但是，當今世上，還有一些人會為了遠古的神奇創舉感動不已，而這種時候，我們應該對巴黎植物園、動物園，還有所有走過漫長演化來到跟前的動植物說：「請不要從我眼前消失。」

6 | Louis Vuitton

象龜孤獨的理由

Reasons for Tortoisee George's Lonesomeness

巨大的象龜行進緩慢，那意象彷彿能直逼永恆的定義。

他們也許會嫌世界轉得太快，因為在沒有天敵的加拉巴戈群島上，他們有好多好多時間可用，可以慢慢地等，直到海枯石爛，龜才壽終正寢。

在《隱蔽生活[7]》這本象龜專書中提到：「牠們註定要比自己的飼育員活得久。」

象龜活了那麼長的時間，直到最近，才有許多人不約而同地提起「孤獨喬治[8]」，因為牠死了。在二〇一二年六月二十四日，這則草率的稱之為「最後一隻稀有象龜孤獨過世」的新聞，在網路、傳媒轟炸式的轉載重複一整天之後，隔天太陽依舊升起，加拉巴戈群島又回歸平靜，群眾也回到原來的生活，接著追逐下一條熱門新聞。

比較精確的講法是：「孤獨喬治」是人類已知存活的加拉巴戈斯象龜裡的平塔島亞種的唯一一隻，因此，先不討論是否應該加上「孤獨」兩字，喬治的死，確實代表了一個亞種的消逝。

這不是第一宗陸龜亞種的悲傷告別，一七五〇年左右法屬模里西斯島上有隻龜，牠的代號叫做「馬利恩的陸龜」，被認為是世界上最後一隻塞席耳巨龜。牠被一名法國探險家馬利恩

7 | A Sheltered Life: The Unexpected History of the Giant Tortoise
8 | Lonesome George

從塞席耳島帶出，一路搭船來到兩千公里遠的模里西斯首都聖路易士港，並且當上了吉祥物。模里西斯島上的原生陸龜，也曾經多達五、六種，但在馬利恩上陸的六十年前就都已經先後滅絕，而那之後的三十四年間，這隻塞席耳巨龜離開後，牠的故鄉又發生「巨變」，那附近群島上所有的十二種象龜全數絕種。

這裡講的「巨變」就是「人來了，很多人來了」。《失落的動物：二十世紀滅絕動物紀錄[9]》這本書中，雖然將烏龜的名字誤植為馬利恩，但書中旁徵博引各種古老航海日誌十分有趣，例如一七〇八年某段航海日誌描述，在印度洋上航海數月，終於上岸的船員，為島上數量龐大的象龜所震懾：

> 如果從這些龜的背上走過去，大約走一百步都不會碰到地面。入夜牠們群集聚隱蔽處，每頭龜互相密接，路面有如龜殼鋪設的方格圖案。
>
> （作者疾呼：請勿騎乘或踩踏象龜！）

這本書也寫到，巨龜行動遲緩、無致命攻擊力，而龜肉有豐富蛋白質，又能榨取食用油，即使不進食或喝水，還能掙扎著活上幾個月，出海帶幾隻巨龜，簡直就是不會腐壞的糧食庫，因此也被當成重要財產。根據紀錄，一七三二年起的四十年間，光是一個島上就有二十八萬頭烏龜被殺。西元一八〇〇年，是十二種巨龜正式宣告滅絕的年分，只剩下被法軍當成吉祥物養著的那一隻「馬利恩的龜」，牠既無生育壓力、也無死

9 | Lost Animals of 20th Century

亡威脅，就這樣獨自一龜，目睹殖民地勝敗交接、目睹其他龜種和渡渡鳥[10]的滅絕，最後，只是因為爬到了砲台上張望，摔落而死，享年一百二十歲。他們說「馬利恩的龜」從來沒有那麼急切地想要爬高，也許那一天牠是聽到了甚麼呼喚，或是想到了許久以前、一百二十年前初來這個世界上的記憶。

不同亞種的陸龜在外型上也許差別不大，但任何一個亞種的消逝都是一種無法逆轉的生物性悲劇。為了挽救孤獨喬治所屬的平塔島亞種，保育員先後找來三隻混血母龜來色誘喬治，但喬治對混血新娘興趣缺缺，二〇〇九年曾經發生過成功的交配，但之後產出的總共二十四顆蛋到頭來都沒有存活。

喬治死後，BBC記者亨利・尼可[11]斯造訪加拉巴戈國家公園，寫了一篇既無物種知識、也無保育常識的二流部落客等級心得文，他敘述「長得有點像故龜喬治」的老牌飼育員福斯托・耶雷納[12]傷心欲絕地說：「喬治是我最好的朋友！」他也批評了一番即將接班鎮島之寶、育有六百隻小烏龜的迪亞哥[13]：

> 迪亞哥可能非常高產，但是，牠缺乏孤獨喬治一般的明星素質，也沒有喬治那種沉默、執著的悲情。

很顯然，保育員耶雷納可不是迪亞哥的粉絲。他說，「走進迪亞哥的地盤，牠會靠得很近，一點也不友善。一次，牠還咬了我。」

這位迪亞哥大爺在一九七五年被從美國送到島上的時候，牠所屬的Española亞種只剩下兩公兩母，但在牠全力展現男性雄

10 | Dodo　11 | Henry Nicholls

12 | Fausto Llerena

13 | Diego

風之下，已經暫時不用擔心龜族香火的延續，而喬治，溫順又愛親近人的喬治，看看牠所肩負平塔島亞種的命運，到頭來落得完全沒救的下場。

在西班牙語中「Galápago」的意思就是淡水烏龜，但不知為何Google翻譯機卻把這個字翻成「豬」。物種生而平等，豬並不比龜低下，但把龜喚作豬，豈不就像以道德魔人之尊，譴責一隻強悍雄龜為繁殖所做的努力為「缺少明星風采」一樣，是物種沙豬主義的延伸。這可能正是從古到今、也許還有未來，象龜孤獨的理由。

巴黎遊樂園

旋轉木馬的終端

Jardin d'Acclimatation Paris

At The End of The Carousel

人生是否就像旋轉木馬，當音樂結束，我們其實哪裡也沒去，只覺得頭有點暈。

在巴黎街道漫步，經常見到旋轉木馬，地鐵站外、三岔路中央、小公園裡，發光唱歌的旋轉木馬，是巴黎小清新不可或缺的一景，叮叮咚咚反覆播放的罐頭音樂、傾吐著被迫告別童年的惆悵，那些在塑膠馬背上旋轉的孩子們，尚且還不知道愁滋味，他們都在瘋狂尖叫，原來就算以法文為母語，也無法保證孩子天生優雅。

在一片人類幼兒製造的混亂之上，繪著小天使圖案的木扉共有八片，劃出一條優雅的弧形，團團包裹著旋轉木馬的拱頂，圓心中央站立著一匹精壯小馬，屁股圓翹而緊實，它正滿載希望地往蔚藍的天空起躍，尾巴雖然看起來柔軟，但塑鋼合金的材質是不會因風飄揚的，人造小馬必須了解，它將永遠屬於這裡，哪裡也去不了。馬匹總與戰勝的欲望連結，小男孩本能地都想騎上最高大的木馬，而那些安全又乏味的童話馬車是給女生和媽媽的，但是無論哪個男孩搶到最棒的動物，音樂結束，黑馬與白馬的距離依然是原來的一點五公尺，大隊人馬忙了一陣，其實哪裡也沒去，誰也沒追上誰，拉開那條圍住出口的紅繩，離開旋木光暈，世間顯得有些慘白。

在此刻如此高科技多媒體跨國娛樂的時代，旋轉木馬依然牢牢地坐落在每個遊戲場，也許是場所的邊陲地帶、也許是托兒中心、也許是一個取代噴水池的裝飾品，雖不起眼，但卻是許多人內心私密珍藏的角落，就算是隨便一個鄉間夜市遊戲場、二流巡迴馬戲班，旋轉木馬比「遊樂場」三個字還要能夠代表遊樂場，它就像冰淇淋的香草口味、洋芋片的原味、咖啡店裡的黑咖啡，不是明星商品，卻決定了場所的基調，它也許過氣了，但是還不能退休。

旋轉木馬在美國常被叫做「Merry-Go-Round」，意思是開心地繞圈圈，這個意象在流行音樂被運用的頻率之高，從金髮微笑牙齒白的流行樂團「ABBA」、到濃妝長髮重金屬搖滾樂團「克魯小丑[1]」都有這個名字的歌，但大多也像字面意涵一樣貧乏而淺薄；旋轉木馬的另一個英文名詞「Carousel」，則有比較深遠的典故。

「Carousel」來自西班牙文和義大利文的「小戰鬥」字眼，旋轉木馬之所以用馬為主角，而不是用牛羊或是豬狗，是因為最初這個轉盤上面走的是真馬：路易十四喜歡在夜間的廣場上觀賞「馬術芭蕾」，數大整齊的騎兵隊舉著火炬，騎在馬上，隨著音樂作出整齊劃一的步伐，這是旋轉木馬的前身，而那個廣場就是羅浮宮前的「卡魯索廣場[2]」，也就是法文中旋轉木馬名稱的出處。

旋轉木馬多麼奇妙，能讓溫馨與悲傷同時湧上心頭，讓狂歡與恐怖相擁起舞。在電影裡面，凡有旋轉木馬的場景，十之八九都會淒慘收場，在那溫暖而微弱的燈泡閃爍下，兒童無邪的笑語間歇傳入耳中，提示著幸福的時光不堪一擊，白色小馬的瀏海隨著音樂起浮，打著波浪努力向前，這是觸發美好舊日的動情機制。《變臉[3]》一開頭就讓主角在旋轉中的（既然是吳宇森導演的，當然要慢動作配上聖歌嘍）木馬上痛失愛子、日劇《家政婦女王[4]》每逢假日獨自到遊樂園，點了三人份速食，失魂落魄地枯坐整日、《末路車神[5]》一開場便是雷恩・葛斯林[6]孤獨（而身材傲人的）背影行經兒童世界裡的碰碰車、摩天輪和旋轉木馬，來到以命相賭的特技車場，車神從來就沒有明天。旋轉木馬也經常被利用在驚悚片中，大型遊樂園如迪士尼，每年耗

1 | Mötley Crüe　2 | The Place du Carrousel　3 | Face/Off
4 | 家政婦のミタ　5 | The Place Beyond the Pines
6 | Ryan Gosling

費巨資修築更加刺激的遊樂器材，豈知要擊敗雙腳懸空的暗室雲霄飛車，只需要一座失控的旋轉木馬：希區考克[7]電影《火車怪客[8]》在六十二年前創造的經典至今依舊無人超越，當旋轉木馬失速，戲也隨著離心力升高而帶往毀滅邊緣，兩個主角在快速飛馳的平台上纏鬥、騎馬的小孩子不知害怕反而興奮不已、旁觀的母親失聲崩潰、勇敢的工人則要冒險爬到急駛的轉盤下方、用手動方式停止木馬，穿西裝的紳士只是旁觀並說出一些無用又懦弱的評論。

說到戲劇化，「Jardin d'Acclimatation」是一個十分戲劇化的場所。

位於布隆尼森林公園的東北角，緊鄰富裕的巴黎十六區，佔地二十公頃，略大於大安森林公園，這是一個有動物的兒童樂園，或者說有很多遊樂設施的動物公園。

Jardin d'Acclimatation直譯可解釋為「適應化公園」，它在誕生後的一百五十三年生涯中，多次被迫轉型，但無論如何，適應化（Acclimatation）這個字眼從未離開過它的名稱。適應化是什麼？它與「演化」的差別就是，演化可能經歷好幾個世代、多數個體的篩選，但「適應化」是單一動物或植物，在「還有命在」的時間內，自我調整以適應所處環境的氣候和自然條件，說得簡單一點，就是「服水土」。

適應化公園在拿破崙時代建立，初成立時確實是間研究性質的動物園，但是沒想到，園長隔年就過世了。隨後普法戰爭爆發，巴黎在一八七〇至一八七一年被普魯士軍隊圍困，市內糧食極度短缺，饑荒處處，市民甚至連溝鼠都抓來吃，此時屬於皇宮的許多動物園內，想

7 | Alfred Hitchcock
8 | Strangers on a Train

當然耳，動物就地「為國捐軀」是理所當然之事，而動刀的大廚便是著名大廚亞歷山大．修洪[9]，法菜經典的「Choron」醬汁就是他發明的。

普法戰後，同樣戲劇化的第三共和展開，海外殖民似乎讓深受戰敗打擊的法國人恢復了自信，適應化公園再次適應時代與環境，被改裝為一所「人類動物園[10]」，在此地「展示」來自非洲努比亞、布須曼、和祖魯的部落族人，以滿足彼時市民對於異族人類生活的無比好奇，這段歷史，讓本園永遠名列種族惡霸公園的黑名單上，當時才剛步入二十世紀。一九二九年，根據法國歷史學者的共識，這一年是人民在大蕭條席捲歐洲前、還能感受繁華的最後一年。原先為巴黎市政府所有的公園綠地，在這一年，轉移到十六區政府管轄之下。

一九五〇年代，公民意識普遍提升，資料記載，巴黎市民對公共休閒空間的需求越來越大，於是適應化公園又展開了一連串的整修、改建，包括增加散步道、減少遊樂設施，並且讓一些鹿「消失了」，鹿是怎麼消失的，並不清楚，但有鑑於發生在此的歷史事件，怕是凶多吉少。一九六〇年代到二十世紀末，是當代建築競賽的時代，適應化公園也不例外，園內所剩不多的溫馴動物，靜靜的仰望四周逐漸升起的高樓，那些逐漸遮蓋天際的，都是大師級的設計作品，在這四十多年間，它又逐漸適應了現代化與消費主義，成為今天的模樣。

二〇一二年初夏，這裡的情景是這樣的：園內的假動物跟活生物一般多、水泥面積大過綠地、幾隻水鹿住在鐵網包圍的假山中，可愛區開放給孩子們觸摸動物，小孩與動物數量是十比一，所幸那些孩子皆髮絲柔細、表情溫柔，洋溢幸福童年的姿態，與動物一樣惹人憐

9 | Alexandre Étienne Choron

10 | Human Zoo

具有「異國情調」的遊樂園咖啡杯

愛。這樣可愛的孩子，眨著盼望眼神，要求騎馬騎駱駝，你該如何拒絕他的請求，告訴他「如今動物權益伸張到達前所未有的高度，歐洲動物園大多已經廢除騎乘、餵食、表演等『非自然』的觀賞項目」了呢？不需要擔心，在這裡你可以盡情懷舊。

只要付了入園費三點五歐元、購買遊樂票券單次二點九歐元，一次買一本十五張票則只要三十五歐元，省了八點五歐元。一張票能玩的東西很多，包括可以騎駱駝逛花園、或是騎驢騎馬在場內繞圈圈、或是乘坐顏色十分怪異的旋轉中國龍、或是跟媽媽一起在旋轉咖啡杯上尖叫。來此地略盡家庭義務的爸爸，你要是有點不耐，偷偷告訴你，這裡的小賣店裡有賣啤酒。除此之外園區內還有射箭場、鏡廳、小火車、人偶劇場、科學館、美術館，以及一個韓國花園——用以彰顯法韓友誼。

除了遊戲和休閒，此地還提供多種額外收費的工作坊，大人小孩都有，比較引人注目的，是兒童班的課程選單：烹飪、園藝、劇場、魔術、書法、色彩實驗室、香水課、以及名為「Make Up Forever」的化妝課，一時彷彿置身路易十四時代的仕女沙龍，在那裡，他們忙著把自己的子女調教成風騷尤物。

如此懷舊，彷彿一台時光機，試圖抹平過去五十年在女性主義和動物福祉面向達成的一切進步，帶我們回到原始本能無限放縱的一九六〇年代，《廣告狂人[11]》的唐・德雷珀[12]在柯達公司面前提案，桌上放著那台劃時代的產物，世界上第一台幻燈片輪播投影機，一九六二年上市的「旋轉木馬[13]」。

懷舊感傷（Nostalgia），在希臘文裡意指「舊傷的疼痛」，它比

11 | Mad Men

12 | Don Draper

13 | Carousel

回憶本身還要強烈，它是住在你心中的刺痛感。

這台機器不是太空船，它是時光機。

它帶你回到過去，又帶你前往未來……它帶你回去那些你一想到就心痛的所在，這不是轉輪，它叫「旋轉木馬」，它帶我們像孩子那樣轉啊轉啊，直到回到老家，那個我們曾經被愛的地方。

人總是美化記憶、美化過往片段，那個神奇的機器上面有一個黑色的圓盤，機器前方有一顆灼熱而光亮的投影燈，喀拉一聲，你跟她一起去了遊樂園；喀拉一聲，你們在夏日煙火下初次接吻；喀拉一聲，你們迎接相遇後的第一場雪，拋錨在聖誕節的公路上；喀拉一聲，你們從教堂走出，她的頭紗拖在階上，比陽光還耀眼；喀拉一聲，兒子誕生；喀拉一聲，兒子在動物園見到大象興奮尖叫；喀拉一聲，兒子第一次看到海，你必須阻止他往海中狂奔；喀拉一聲，孩子上小學頭也不回的背影；喀拉一聲，你沒趕上的孩子學校演奏會；喀拉一聲，孩子中學畢業典禮你缺席了；喀拉一聲，你錯過孩子離家出走前的烤肉會……在那邊緣模糊的光暈中，鼻中酸楚襲來，某個人默默地流下淚來。那些平凡無奇的靜止畫面，顏色斑爛、顆粒粗大，總有幾張模糊照片，只因為拍照當下正在開心地玩、正在放聲大笑。影像雖然模糊，但是關於那照片的記憶卻分外清晰。那些稍縱即逝的場景：家庭生日會、動物園、兒童樂園、夏末的海灘、院子裡的塑膠泳池，它們總是並行在後悔莫及的「flashback」中。

「flashback」，用中文來說，就是記憶的「走馬燈」，原來用馬拉回人生片段是中西文化的共識，而當最終日來到，每個人想到的，必定都是同一件事情——心愛的人。

如果我們要在「旋轉木馬」上放映人生的走馬燈，那個黑色的圓盤能排進一百四十張三十五釐米的幻燈片，在這一百四十格的人生片段中，多少會有一兩格關於動物園或是旋轉木馬的回憶，告別童年的傷感恰巧是最普遍的一種失落情懷，但是對愛的渴望將繼續如影隨形，直到旋轉木馬的終端。

這個世界上，能夠讓人痛的，也只有愛了。

在我造訪完適應化公園一年多以後，我才從某份神祕文件上，用我坑坑疤疤的法文程度讀到一件重要訊息，原來這個園地的所有者是酩悅・軒尼詩－路易・威登集團[14]——世界最大的精品集團，手提包霸主「LV」的母公司——而路易・威登旗下的基金會，與世界頂尖建築師法蘭克・蓋里[15]正在合作把適應化公園的動物園改造成世界第一拉風的前瞻性指標建築，預計二〇一四年落成。

有時候想想也許當這個動植物公園被命名為「適應化公園」時，已經注定了它百年來定位模糊，又不斷被擺弄的命運，即使到了現在，它也以一種粗暴而誠實的美感繼續適應——適應存在。

14 | LVMH
15 | Frank Gehry

巴黎惡犬

Toughest Dogs in Paris

去巴黎玩回來的朋友跟我說：「巴黎現在很不好，都是黑人。」

到巴黎度假購物歸來的貴婦嘆息著：「現在LV旗艦店裡面都是大陸客，把精品當成白菜一樣的在買。」

巴黎的中國留學生在部落格寫到：「巴黎太多移民了，真正的巴黎人已經很少了。」

如果巴黎是一個人，她必定是個女人。

她有一定的年紀了，一點也不顯老，不稀罕青春，身材永遠保持苗條，十個人裡有十個人說她過瘦，這才是剛好，有時穿著高跟鞋睡覺，平日用鼻孔看人，翻白眼和聳肩是她的健身操，多麼不好相處的女人哪！但這個女人，同時也會是有史以來最成功的時尚教主，她能無視現實、無視多數人的需求，只聽從一己內心的聲音，將虛榮與唯美發揮到極致，而今，所有的人都相信巴黎美，甚至沒去過巴黎的人，也早已經把「巴黎就是浪漫」的想法深植入腦：那些電影裡繞著燈柱轉圈的「白富美」、那些當街親吻的無業男女、那些咖啡和書本在光影之間、那些街拍照上瘦如模特的時髦路人、那些不可一世的藝術學院學生、那些米其林三星和香檳、那些馬卡龍、那些海明威和卡繆、畢卡索和香奈兒，那些河左岸的散步情事，以上一切美好的刻板印象，似乎都在預備著讓今日的巴黎觀光客大失所望。

巴黎人對於這些公認的缺點都大方承認，甚至有點自豪，他們自恃最高，認為法國除了巴黎以外的地方都是鄉下，世界上除了巴黎以外的地方都是二級城市，但就算在巴黎居民之間，也經常互看不順眼，你比我早來、我比你早來，嘴上不說，卻擠眉弄眼地互相嫌棄不已，即便是在巴黎土生土長的人們之間，也經常互不承認，說對方是移民，說對方永遠也無法成為「真正的」巴黎人。

一九九九年的人口普查標明法國有一百七十萬人為「潛在穆斯林」（“potentially” Muslim，意指來自回教國家居民或是雙親至少一人來自回教國家），如果一個來自摩洛哥的回教徒在巴黎住了二十年，生養了兩個小孩，現在連小的那個都上高中了，大部分人會勉強同意：他們是巴黎的人，但很多人會強調，「但不算是真正的」巴黎人。法律並沒有規定，皮膚不夠白、衣服不夠漂亮、抽菸姿態不優雅、不在塞納河左岸看書的人，不配稱為真正的巴黎人，但是當任何一個有巴黎、文化字樣出現的節日海報張貼時，海報上的那個人，必定是一個清瘦而知性的白種女人（如果預算許可，一定要是蘇菲・瑪索），因為巴黎想要這樣被看見，而外面的人們也想要這樣的巴黎，這樣的文化霸權代表著浪漫的特權，而誰不想要這種特權呢？

在美洲第一大城紐約，保留原生族裔的認同是酷的；即使你才剛到幾天，你覺得自己活得像個紐約人，那你就是紐約客

（New Yorker）：甚麼樣的人比較不酷呢？土生土長紐約人稍微不酷，但是不要緊，畢竟你還住在紐約啊（拍肩）。

巴黎這個歐洲第一大城，也跟紐約一樣吸引了大量外來人口，一戰後是來自德國、俄國、東歐的難民、二戰時則是大批逃亡的猶太人，二次大戰後大量湧入的有來自歐洲各地的窮人、浪人、投機分子或是無處可去之人，這些人的原生地主要為葡萄牙、波蘭、摩洛哥、突尼西亞、土耳其，到了再接近二十一世紀一點，大部分移往巴黎的移民為非洲和加勒比海區域原法屬地居民，法語是他們的母語，不過不是那種溫軟甜膩的腔調，而是字字剛硬有力，有點噴口水傾向的非洲法語。即使腔調能改，光是身為「非白」膚色族裔，就註定一直被貼著「移民」標籤，儘管政客都強調「移民」一詞絕無貶意，但在這個時代，當有人站在講台上抬出「移民」一詞，言下之意總是「雜草、毒瘤、壞分子」，就是這些「壞分子」，在巴黎的郊區創造了生猛瑰麗的文化現象——「法語嘻哈[16]」！

若說歐洲文化是菁英孕育的花朵，那美國文化的根基就是野火燒不盡的街頭野草，偉大的美國文化產物都來自底層，爵士與搖滾的鼻組——藍調來自南方黑奴血淚交織的棉花田，嘻哈[17]則來自一九七〇年代紐約南布朗克斯區的街頭，黑人少年——通常他們的家都太小——會把手提音響扛在肩上，坐在不管是誰停在路邊的凱迪拉克車蓋上，就地展開街角派對[18]，DJ、街舞、塗鴉，承載了貧窮青年旺盛的精力，也反映了都市一角的生活現實。嘻哈在三十年間從禁歌變成夜店

16 | French Hip Hop

17 | Hip Hop

18 | Bloc Party

指定曲，從底層抗爭轉為Bling Bling炫富生活，某些獲得極大商業成功的嘻哈流行歌，在世界各地不分族群的年輕人之間都受歡迎，嘻哈也快速發展出很多支系，而其中一派專職描述黑幫暴力生活的，便叫幫派饒舌[19]。

正如搖滾（曾經）是一種生活方式，嘻哈也是一種生活方式，幫派饒舌的歌手常有坐牢、吃子彈之事，只要留一條命在，黑歷史就能成為鍍金的勳章，紐約饒舌巨星五角[20]曾經身中九槍，其中一顆子彈打穿了他的臉，讓他失去了一顆智齒、舌頭腫脹，大難不死之後，阿姆[21]幫他製作了一張專輯叫做《要錢不要命[22]》，這張作品在全球賣出超過一千萬張，那顆打穿臉部的子彈留下了永久的後遺症，讓他從此說話唱歌都會漏風，但卻因此成為五角的註冊商標。

除了嘻哈，應該沒有哪種音樂是那麼喜歡自比惡犬的，特別是在幫派饒舌這一片，更是人人搶當瘋狗。幫派人生跟狗的關係很近，行走江湖總要選條凶悍的大狗隨侍在旁，運貨、收債、保衛、陪伴，既可靠又不會走漏風聲，是理想的多合一伴侶。幫派分子最愛的狗種前五名分別是：鬥牛犬[23]、義大利卡斯羅[24]、洛威拿[25]、鬥牛英國獒犬[26]、加納利犬[27]，這些攻擊性強的大型犬，一旦開咬就不可收拾，非得把獵物吃乾抹淨才會罷休，牽著一隻忠心耿耿的惡犬，走在街上路人見你都怕得趕緊繞道，實在太威風了。當然，一個幫派分子為了稱霸街頭，為了得到別人敬畏，不能僅僅牽一條惡犬，自己也要兇得像隻惡犬，對所有可疑的人物露牙流涎，要所有人第一眼看到你就

19 | Gangsta Rap　20 | 50 Cents　21 | Eminen
22 | Get Rich or Die Tryin'　23 | Pitbull　24 | Cane Corso
25 | Rottweiler　26 | Bullmastiff　27 | Presa Canarios

知道，你是那種不在乎一己性命的狠角色，當你咬住敵人的喉嚨，那就是至死方休。

總之活在街頭一定要狠，狠的第一步就是取一個響亮的外號，嘻哈歌手，無論主流或地下，一直維持著取外號的街頭傳統，外號代表著一個歌手的自我認同，其中帶有「大」（Big Sean、Big Boi……）字的最多，跟錢有關的次多（50 cents、A$AP Rocky），以犬自居的也不在少數：史奴比狗狗（Snoop Dog）、鮑沃（Bow Wow，即狗吠聲）、Tim Dog、D-MX……當然不能忘了台灣長青饒舌歌手熱狗（MC Hotdog）。

美國有幫派饒舌，法國當然也有，在廣大的巴黎市郊，幫派活動猖獗，每天上演街頭交易、暴動、襲警事件，這裡是孕育法語饒舌歌手的溫床，世界各地幫派關心的事物都很相似：錢、槍枝、性、毒品、警察、火拚、搶地位、搶地盤，法語嘻哈在音樂性上很少創新之處，他們直接複製美國，而且毫不掩飾這種複製行為，偶也有混音香頌、阿拉伯民樂、非洲或加勒比海等元素的特殊作品，但大同小異，重點是歌詞。

一個非常奇妙的現象是，除了法國以外，沒有一個歐洲國家發展出本土嘻哈體系，這可能跟法國人重視詩詞說唱有關，也可能是因為法國政府規定，電台播放歌曲至少百分之四十須為法語歌，當然法國嘻哈饒舌音樂不只有正宗法語，還混有阿拉伯語和多種非洲方言，甚至含有連法國人都聽不懂的俗諺黑話，法語嘻哈記錄了大量社會差異、文化隔閡、移民多元、警民衝突、後殖民思潮，這些歌曲從未到達任何一個水晶燈下的華美舞台，可能因為文化主流的刻意忽視，維持了這個流派的地下性質和原生質感，法語幫派饒舌的敘事風格，比起發源地美國，多了露骨的血性、更少修辭、更多暴力。

幫派饒舌的關注主題儘管大同小異，但就在這些大同小異的事物上，饒舌文化反映了不為人知的巴黎少年地下結社。《VICE》雜誌特派員曾經勇敢深入巴黎市郊最陰暗的角落，拍攝「參見法國最硬饒舌歌手[28]」專題。

在許多連路燈都沒有、停車過夜必定被砸的街區，路上沒有行人流連，居民將門窗緊閉，青年三兩成群守著街角，當有外客進入，他們湊近來看你是否要買毒品，若是看見攝影機，便朝你丟燈泡，一邊狂罵，用口水和身上成塊的肌肉把人逼退，這裡的日子好像沒有色彩，像文森・卡索[29]早期演出的《恨[30]》那樣盡是搖晃的黑白畫面。在砂礫凹凸的路面底下，潮溼又陰暗的隧道連接著倉庫入口、通往荒廢的夜總會和數不清幾個沒有水電的小房間，看似尋常國中生的孩子們坐在舊沙發裡消磨時間，骯髒的床墊上胡亂堆放著吃剩的速食包裝，凹凸不平的地上黏著被打爛的鴿子屍體，少年們在這個祕密基地裡排遣著看不到未來的青春期，他們三人一組創作饒舌歌，這讓他們看起來很酷，能受女孩子歡迎，不過祕密基地是女賓止步的，那位《VICE》的女性特派員是少數例外。少年們的說唱還很笨拙，但那些字句就如同新鮮的子彈，在一星火光之隙，從他們稚嫩的脣間擊發，落在土牆和泥地上，他們背後那條透著

28 | Meet France's Toughest Rappers

29 | Vincent Cassel

30 | La Hain

微光的陰溼隧道，讓人想起三劍客將鐵面人偷運出城的地下水路。

儘管巴黎這個城市終日穿戴著最高貴優雅的外衣，但無法抹滅的是，世界上最強悍的暴民、最激烈的革命也都發生在巴黎：一七八九年法國大革命，暴民攻陷了巴士底監獄；一八四八年民眾包圍了市政廳，國民兵倒戈投入工人學生的一邊，推舉拿破崙當總統；一九六八年五月學運，全國一致罷工，社會經濟癱瘓，間接促成了戴高樂專政時代的終止，從來被關住的惡犬都不會奇蹟似地變乖，他們只會越來越瘋魔，隨時等待出籠的那一刻大幹一場。

有些法語饒舌歌手，如Mokobe，獲得主流市場的成功，穿著西裝在歌劇院裡與當紅女伶合演；或是像巴黎郊區出生崛起的Zoxea，他與兄弟們從來以街頭詩人自居，後來成為巴黎都市再造計劃藝術村Centquatre的駐村藝術家，他們看起來都越來越像「真正的巴黎人」，同時年輕的幫派饒舌歌手則正在興起，三十歲的Taipan寫的歌詞是這樣的：

我在一九八二年出生，狗年是我的年，我離開他們，
我離開他們，我離開他們，
像隻狗前行，易怒的狗……
狗命值歲月的好幾倍，我們不會呆在籠裡，不，我們
不要呆在籠裡…
車諾比和福島的雲飄過我的山丘，巴哇哇，是隻原子
狗……

我得張著眼睡覺，帶著三隻耳朵……

Taipan有著網路時代多元角色的特質，引用中國的生肖、俄羅斯和日本的核電廠，他能一邊反核一邊耍狠，展示幫派生活的冷酷，又同時傳遞人道關懷的溫柔，而支持這種歌手的，不再只是幫派分子，邊緣人物，還有存在於所有城市裡的絕望青少年，數量龐大的青少年坐在斗室裡，戴著他們的耳機，電腦螢幕就是他們的救贖。

今天走在巴黎市的街道，經常看見巨大塗鴉直接佔據了營業中的店面，巴黎暗面的力量已經蔓延到眼下，那種力量原始而赤裸，讓人不敢直視，也許轉身回到前法國總統夫人卡拉・布魯妮[31]的吳儂軟語中，夜裡才能睡得安穩，不過呢，oh là là，其實她也是個「移民」，卡拉是義大利人。

鬥牛士的愛與鮮血

Love bnd Blood of A Bullfighter

一九三六年，西班牙內戰期間的一個八月天，詩人洛爾卡[32]仰望著家鄉格瑞那達[33]的天空，乾淨而接近透明的藍，他正在路上，前往槍決刑場的路上，他不需要費力挪動雙腿，他的身體正被他人拖行，他的腳跟在小山坡的石板上磨，陽光被山頂小屋的白牆反射得更加明亮，這安達魯西亞式的明豔，將永遠停留在他的心底。

他的眼睛沒有閉上
當他看見牛角逼近
但是可怕的母親們
都抬起了頭
越過這片牧場
有一絲耳語般的呼吸
來自那蒼白霧色中的牧人
被喚往天上牛群

——〈為了鬥牛士桑切士・米須亞斯之死而哭[34]〉

洛爾卡被法西斯政權處決時才三十八歲，生前只來得及寫四本書，上面這首詩是他最後的作品之一。

32 | Federico Garcia Lorca

33 | Granada

34 | Llanto por la muerte de Ignacio Sánchez Mejías

血腥競賽[35]的歷史與人類文明一樣源遠流長。

在中古歐洲，優雅紳士們為了爭奪獎杯，在林間追捕狐狸，那些狐狸預先抓來養著，到了狩獵日才放牠們出奔，這是古代版本的高爾夫球場，貴族官員們往往在馬背上就「喬」好國家大事，至於狩獵本身，通常會交給身手矯健的部下和獵犬，當隨從將捕獲的狐狸或兔子放在網中，送到跟前說道：「恭喜大人、賀喜大人，您看，這是一隻多麼肥美的動物啊！」旗開得勝的榮耀理所當然地歸於貴族，大人們的手甚至都還不會弄髒。

一九六〇年代的美國西岸，正當富裕安逸、人口大爆炸的嬰兒潮世代，曾經流行過「章魚摔角」，參賽者獨行或是組隊，在淺水中拖拉大型章魚上岸，捕獲的章魚一一秤重，捕獲最重章魚者獲勝，這項活動經過電視播報成為紅極一時的年度盛事，而被捕獲的章魚，有些被食用、有些則送到水族館或是放回海洋。同樣是捕魚大賽，以敬神祭祖為目的的魚獵則不在血腥競賽之列，如台灣阿美族在小米收割後進行的捕魚祭典「米拉底斯」（阿美族各部落稱呼及日期略有不同），捕起的魚烹煮之後族人全體共享美味，直到現在，還會酒足飯飽之後集體在海灘上跳起「阿美恰恰」，祝賀豐衣足食、家族同樂。

血腥的定義，不在於做法，不在於是否殺生（要求狩獵民族吃素是沒有道理的），而在於動機。血腥競賽第一類，是以娛樂、遊戲、競爭而進行的漁獵活動，為了一己的成就感而增加動物於死亡過程中的痛苦，是謂血腥。第二類則完全稱不上

「體育」，只是惡劣鄉民的惡劣趣味，是以人折磨動物為樂：英國曾經流行過「丟公雞」運動，將公雞綁在柱上，人們輪流丟擲重物直到雞被砸死，一七三七年一篇雜誌文曾有分析，認為這種運動來自對法國高盧人的仇視，只是用了公雞做為高盧人的替代品，這種情緒在各文化裡都常見到。在十七到十八世紀，歐陸某些地方還流行過「丟狐狸大賽」：參賽者在開放空地上，兩人一組抓住平鋪網子的兩端，比賽開始，將預先備好的狐狸放出籠子，令其狂奔於場內，而參賽者必須抓準時機，攔截狂奔的動物並順勢往空中拋擲，離地面最高者獲勝，曾有「專業投擲選手」創下拋高紀錄，能將狐狸拋到兩層樓高。這種血腥比賽對「參賽動物」是致命的，有時連參賽人員都會死傷，波蘭「強力王」奧古斯特二世喜歡拋狐狸比賽，他辦過一場特別大的，弄死了六百四十七隻狐狸、五百三十三隻兔子、三十四隻獾和二十一隻斑貓，好大、好大的官威。

第三種血腥競賽，是旁觀「同類相殘」：鬥犬、鬥雞、鬥魚、鬥蟋蟀，這些遊戲通常都與賭博有關，飼養這些「運動員」的賭徒，在上場比賽之前，他們照顧動物的慈愛姿態，簡直可以入選世界愛護動物大使。菲律賓小說《老爸的笑聲[36]》裡，瑟吉歐叔叔是個職業賭徒，他們家人對待一手栽培的公雞選手可好了，一早便將口袋塞滿玉米到穀倉餵雞吃個飽，有時偷切媽媽買給家人的肉來餵，他們餵雞喝紅酒或威士忌，在雞腿越來越有力的時候，開始餵牠喝新鮮血液，喝了鮮血的鬥雞便連人都敢挑釁，「教練」叔叔非常高興，有時還用口水幫這

36 | The Laughter of My Father

位公雞選手按摩，這些愛心的付出，無非是為了挑起鬥雞驍勇好鬥的基因，一到了場上，那些原本充滿愛心的雙眼即刻變得通紅，雙方主人首先抓著雞，引導牠們在對方脖上啄出鮮血，做為鬥雞開始的儀式。

他們放下鬥雞，沉默面對彼此。鈴聲再響，揭開戰鬥的序幕。

恐懼是發動攻擊的最佳觸媒，人也是動物，人與人之間的拳擊擂台雖然有著相似的開端，結局則卻完全不同。在正規的拳擊場上，無論是為錢或是為了榮耀，拳師知道自己為何在此，為誰而戰，他知道對方的姓名、知道規矩、知道不能殺死對方（對，請千萬不要殺死對方，好嗎？）、知道教練可以丟毛巾認輸，他們都知道雖然等一下會痛得要死還會流血，但是大家都可以回家，不用死在這裡。但是鬥獸從來沒有什麼感人的大結局，不像洛基打完以後還會抱著對方大哭說「孩子你打得很棒」，或是鼻青臉腫的冠軍高舉腰帶光榮灑花的結局，鬥獸結局都很淒慘，為了斷定輸贏，須有一方先死，為了贏錢，主人敢讓公雞吃鴉片，雞甚至在失去一邊翅膀之後都不知道痛，鬥獸之醜陋，在於為了人心之快犧牲動物性命，動物的鬥志被挑起，但卻不知為何而戰，為何犧牲。

雖然菲律賓鄉下男人鎮日關心的是鬥雞、喝酒和唱歌。但是對牛，他們可一點也不怠慢，在亞洲各國的農村，牛都是最有價值的牲口，甚至比（某人的）兒子還要值錢，在雞豬羊鵝都是「消費產品」的時代，耕田水牛是珍貴到不行的「生財工具」，牠能耕田、載貨、代步（稍微慢一點就是了），在叔叔決定不賭鬥雞而要參選鎮長時，牛還扮演了關鍵救援的角色。

「老哥，你覺得我有勝算嗎？」叔叔問。

「你把牛牽過來了嗎？」老爸問道。

「就在院子裡。」

「你贏定了。」

「賽彌恩，你怎麼知道？」

「你有十頭牛，不是嗎？」

「沒錯！」叔叔說。

「那就夠了。」老爸說。

人類對牛的重視早自史前世代，一方面是對牛具有神性的崇拜，另一方面則是以牛獻祭特顯尊崇。在批判西班牙鬥牛傳統之前，我們必須要知道，鬥牛的起源並非出於輕賤，而是崇拜，也許表面上跟羅馬競技很像，圓形的場地，圍觀的群眾，主宰生死的王侯。然而角鬥士[37]雖然驍勇，卻是身不由己的奴隸，對羅馬貴族來說，奴隸跟動物沒有兩樣。

鬥牛卻很不一樣。在幾世紀之間，鬥牛場上出現了重大變化——鬥牛者與牛的距離大幅拉近——這決定了鬥牛與其他血腥競賽根本上的不同。鬥牛士做到了在任何其他血腥運動中不可能發生的事情，就是打開人類的安全防線，自願降低防衛等級。鬥牛可能是世界上發生於兩個物種之間，最接近公平的鬥

37 | Gladiators

爭（當然還是不公平的，因為牛沒有自決權）。

出身鬥牛世家的法蘭西斯科・羅美洛[38]被認為是第一個離開馬背，站在地面上的鬥牛士，那一年是一七二六年，而生於一八九二年的胡安・貝爾蒙特[39]，被譽為史上最偉大的鬥牛士，他大膽地再往前大邁一步，開創當代西班牙式鬥牛陣，鬥牛士與牛角之間的距離只剩下幾英吋的距離，這樣的陣式能讓人牛與紅布的舞動更加激昂而富有戲劇化，但同時也更容易製造出流血的破孔，牛跟人都更容易受傷，但是，為了提升這門藝術的境界，鬥牛士願意場上與死神對視。

貝爾蒙特有一個好朋友叫做海明威[40]，他是偉大的小說家，也同時是人體傷痕樣本大全，中彈骨折他全都經歷過，流血的破孔對他來說一點也不陌生，也許正因如此，海明威能夠跨越對血腥的恐懼與憎惡，直接探討鬥牛的本質。在他以鬥牛為題而寫的專書《午後之死[41]》，他有這樣的註腳：「任何能夠喚起如此狂熱激情的事物，必定也會引來同樣狂熱的反對。」

海明威一生受到參戰陰影所苦，長期失眠、有自殺傾向。在海明威於一九六一年飲彈自殺之後，據說鬥牛士貝爾蒙特說了句：「做得好。」過了不到一年，貝爾蒙特也「像個男人一樣」（據傳是他本人原話）地舉槍自盡。

對市井小民如你我，可能難以理解，但請想一下那些鞠躬盡瘁的日本武士，他們活在極端的時代，受到極端的衝擊，他們追求的想必是我們不知道的東西吧，所以，西班牙這個曾經以榮耀上帝之名橫掃海洋、以步兵方陣稱霸歐洲戰場、並建立

38 | Francisco Romero　39 | Juan Belmonte

40 | Ernest Hemingway

41 | Death in the Afternoon

第一個全球殖民帝國的民族，有鬥牛這樣激烈的習俗，好像也不太奇怪。

這個征服欲旺盛的民族，也創造了力與美的佛朗明哥[42]音樂，阿莫多瓦[43]電影裡出現的鬥牛士很多，《玩美女人[44]》這一部裡面雖然沒有鬥牛，潘妮洛普・克魯茲[45]卻唱了一首佛朗明哥，佛朗明哥是門技術活，那美麗的聲音，當然不可能真的是影后自己的聲音，幕後代唱是詩人洛爾卡的同鄉埃斯特雷拉・莫倫特[46]。

我看見閃光
在遠處那裡有光
召喚我的回歸

它們用同樣蒼白的反射
照亮
深沉的漫長的痛苦

雖然我並未回歸
它總是回到這裡
我最初的愛……

在翁托南・阿鐸[47]那本有如天文密碼般難懂的《劇場以其複象[48]》中，少數幾句我看得懂的話是這樣寫的：「殘酷，從心理層面來看，彰顯了一種嚴謹而不共戴天的意志，義無反

42 | Flamenco　43 | Pedro Almodóvar Caballero
44 | Volver　45 | Penelope Cruz　46 | Estrella Morent
47 | Antonin Artaud　48 | The Theatre and its Double

顧，而且堅定決斷。」

追求愛與死的激烈之美，比如武士道，比如鬥牛，於今已經不合時宜，西班牙觀光貿易最盛的加泰隆尼亞省，也是巴塞隆那所在省，已於二〇一二年通過法案，成為西班牙第一個禁止鬥牛的省分。

藝術家與文學家不只歌頌鬥牛的悲愴之美，也哀悼失去的生命，但願自此以後我們只需從歌雅和畢卡索的畫作欣賞鬥牛的英姿，或是從海明威的書中追憶這門藝術。

但我們心中也都清楚，即使在武士道和鬥牛精神都已凋零的現在，新的殘酷還會繼續誕生，我們不需要懷疑人類同胞在這方面的本事。

所以我們繼續談論殘酷。

IV

{西}柏林動物園

在這擁擠的星球上

{West} Berlin Zoo

Life on This Crowded Planet

柏林動物園正式名稱「Zoologischer Garten Berlin」，在所有的市區動物園中，沒有一個像它這樣坐落於都會中心交通的樞紐上，它也是最常出現在搖滾樂、電影、文學，還有炮火交鋒之間的動物園。

一九九〇年，柏林圍牆拆除的下一年，搖滾樂團U2到柏林錄製專輯《注意點兒！寶貝[1]》，在那兒，主唱波諾[2]聽到了一個故事，說在二戰期間某次夜襲轟炸，炸壞了動物園的圍籬，空寂城市的瓦礫堆中，動物們像不願離去的幽魂一樣，在火光中遊蕩著……。那超現實的景象讓波諾深受感動，這張專輯的第一首歌〈動物園站[3]〉，指的就是以柏林動物園命名的大火車站，那條連接錄音室和動物園站的地鐵，剛好就叫U2（U-bahn 2），乘著U2列車來到動物園站，自地鐵口踏上地面的那一刻起，隔著園區圍欄，就能看到駱馬微笑地嚼食著甚麼（是反芻，是的），遠處有一叢黃色斑點聚集，應該是齊穿黃背心的幼稚園童集體出遊，正列隊仰望著長頸鹿，此情此景祥和寧靜，彷彿從好久好久以前便一直如此。

1 | Achtung Baby

2 | Bono

3 | Zoo Station

然而事實上，這個充滿歷史氣息的場所，曾經全數化為灰礫，此地所有物種，包括人類、花鳥、動物、林木，都是經歷毀滅後又重新站起來的。

柏林動物園在一八四四年開園，是德國的第一座、全歐洲第九座動物園，大部分的動物來自國王腓特烈・威廉四世的捐贈。在當時公眾動物園還是一個很新的概念，它既不是王侯爭豔的百獸園、也不是動物棲息的皇家園林、不是買賣動物的地方、也不是馬戲表演場。那一年，哲學家尼采在萊比錫近郊出生；馬克思和恩格斯在法國巴黎相遇；英國鐵工業年產量達到三百萬噸；作者不具名的暢銷書《造物自然史之遺跡[4]》印了十一刷，為十五年後出版的達爾文《物種源始》開了路；卡爾・哈根貝克[5]在一個兼職販賣珍奇動物的魚販家庭出生。

在都市計劃尚在萌芽的十九世紀下半葉，動物園周邊人煙稀少，起初二十五年慘澹經營，乏人問津，直到一八六九年才漸有起色。一九〇二年，第一條地下鐵U2在動物園底下開通，柏林人口隨著工業發展快速倍增達到兩百七十萬，此時的動物園吸引了許多科學家研究繁殖，當時的物種總數，幾乎能跟倫敦皇家學會一較高下。

跟柏林動物園同年的哈根貝克先生，是一位動物商、馴獸師、野外探險家，和動物園長，他十四歲時，便從父親那邊得到幾隻海豹和一隻北極熊，從此一生與動物為伍。他很有捕獸的天分，光是從非洲抓回德國的駱駝就有上千隻，還與非洲蘇丹王交換過珍禽異獸，他旗下的動物展遍西歐各大城，到過紐約的科尼島表演，他甚至辦過「人類動物園」，對公眾展示他從非洲帶回來的「純自然人種」。

4 | Vestiges of the Natural History of Creation

5 | Carl Hagenbeck

儘管哈根貝克對動物的熱愛混雜了太多殘酷，但他仍為現代化動物園留下了了不起的遺產。他成立的哈根貝克動物園，首創在動物展區四周，使用壕溝取代柵欄，讓空間更貼近原生環境，這套作法後來被多數動物園採用，包括柏林動物園。

在《大亨小傳[6]》和《西線無戰事[7]》的歐洲黃金年代，柏林也和倫敦、巴黎一樣享受著最好的爵士年代（The Jazz Age）。動物園撐過了一九二九年經濟大蕭條，藉著一次大翻修的機會，「整型」成為壕溝式隔離，用自然綠意的開放展示，取代了以前那些異國風情的高大建物。

第一顆炸彈擊中柏林動物園的時候，是一九四一年。動物園旁的動物園炮塔[8]裡，除了高射炮、機關槍、八十五張病床、還有一間空調房藏著十四間博物館的藝術品，在柏林陷落時，動物園炮塔駐軍一直抵抗到最後一刻。這段期間，共有七百六十四台英國戰機，飛到柏林上空丟炸彈，市區百分之九十建築全毀，一萬多人死亡、一百五十萬人無家可歸。當炮火終於停息，園內已是焦土一片，三千七百一十五隻動物中，只有九十一隻活了下來，包括兩頭獅子、兩隻鬣狗、一頭亞洲象、一頭犀牛、十隻狒狒、一隻黑猩猩、一隻東方白鶴、和一隻鯨頭鸛。

柏林在一九四五到一九八九年冷戰期間，分裂東西，各屬兩大陣營，西柏林空懸於東德領土中央，形成孤島，所有行經西柏林的火車都由東德國鐵營運，停靠車站只有一個，就是動物園站。大衛・鮑伊[9]二〇一三年的新歌〈我們在哪裡？[10]〉有如一架老柏林時光機，帶我們搭著U2地鐵回顧柏林美好舊日，鮑伊這趟車程背負著太

6 | The Great Gatsby　7 | Im Westen nichts Neues
8 | Zoo Flak Tower　9 | David Bowie
10 | Where are we now?

亞洲象走在哈根貝克發明的壕溝邊上，平衡感良好

多回憶，所以很長、很長，他現在的遲暮感傷，正好與三十六年前他在柏林的盛年時期形成對比。一九八一年電影《動物園站的孩子們》（英譯片名ChristianF.）讓「民主孤島」的社會問題浮上檯面：動物園站前面是風光明媚，童言鳥語；而車站後方，則聚集著逃家的吸毒少年，他們青春而墮落，會在深夜敲碎商店櫥窗、瓜分偷來的零錢，隨著鮑伊的〈Station to Station〉歌聲奔逃。Christiane F. 真有其人，她的自傳大受歡迎之後，她成為另類的少年偶像，曾經上過電視、出過唱片，後來成了一位馬術選手，因為她從小就熱愛動物。

一九七〇年代的西柏林孕育出各種影響世界的次文化，這個孤島既自由又虛無，既安逸又頹廢。即使在這樣孤絕的環境下，從西德各地支持西柏林重建的空運卻從未間斷，有七百一十七個足球場大的蒂爾加騰公園在這段期間又長回了綠意，柏林動物園也靠著聚集小額捐助在原址重建。

兩德統一之後，柏林動物園開始與原東柏林的「動物公園[11]」整合功能，例如將有蹄類儘量移住比較遼闊的動物公園，而較「都會化」的猿猴則集中放在柏林動物園。柏林動物園是絕無僅有位於市區交通樞紐的正式動物園，因此它也成了歐洲最多人造訪（二〇一二年共三百萬人次）、最受媒體關注的動物園。它從一開始便是私有股份制的機構，而動物明星——「小北極熊努特」出道的那一年，是動物園一百六十五年歷史上年收益最高的一年。然而，這隻一出生就被媽媽厭棄的小白熊，在某個春日的相機快門聲中，無預警地跌入水中猝死，只活了四年。媒體大肆譴責園方，不該人為飼養，但就在同一年，園內養活的物種超過了一千種，包括許多已經

11 | Tierpark

無法自然繁殖的瀕危物種。

在議論終於停息的第二年，大熊貓「寶寶」在竹葉園繞下安靜地過世，牠的死訊引來惋惜，而少責難。寶寶在一九八〇年從中國「出使」到當時的西德，很多柏林人學會的第一個中文詞彙，便是「Bao Bao」。寶寶作為一匹「種馬」，曾經跟多隻母熊貓相親過，但都沒有成功。雖然竹子在柏林長得不夠綠，寶寶從也沒有挨餓過，牠活了三十四歲，創下公熊貓的長壽紀錄，牠的一生過得有點孤獨，不過，熊貓原本就是非常孤獨的物種。

今天的柏林是典型二十一世紀的全球化大都會，市區三百五十萬人口，平均每平方公里住著三千九百人，約百分之三十是來自土耳其、中東、東歐、亞洲和非洲的移民，野外已經沒有自然，這個公車能達、門票跟電影等價的市區動物園，是疲於生活的荒蕪心靈最簡便的慰藉。柏林動物園內則更為稠密，一萬九千四百八十四隻動物在不到一平方公里的園區裡共同生活，還加上每天八千多名參觀民眾。在這裡，動物跟人一樣必須適應噪音、空氣汙染和狹窄的住處，必須跟不同的物種／種族分享草地、必須放棄某些本能、某些欲望，必須承受心理壓力、不孕、孤獨和生老病死，從某些角度看，在這個擁擠的星球上，萬物終究還是生而平等。

如果說柏林動物園教會了我什麼，那就是有些東西，是戰爭奪不走的。

這是二〇一二年六月七日的寶寶，當時他已高齡三十四歲，臥病在床。寶寶在八月二十二日過世

戀愛中的銀背大猩猩

Bokito: A Silverback Gorilla in Love

他們說：銀背大猩猩Bokito戀愛了。

「銀背」並不是一個品種，而是一種位階，意指「成年、雄性」的大猩猩，因為牠們長到十二歲以上，背後的毛會變成銀白色。

銀背代表群體中最強大的雄性力量，掌管著一個大猩猩家族的各種決策，尤其是食物和性生活的分配權。銀背的權威來自牠的壯碩體格和巨大力量，有些銀背發怒時能徒手把鋼筋弄彎，或是在兩公分厚的強化玻璃上敲出一個洞來，以上皆為動物園遊客挑釁銀背大猩猩，而導致民事損害的真實案例。

Bokito是一隻西部大猩猩，一九九六年出生於德國柏林，體重一百八十公斤，身高超過一米八，出生在動物園裡，在人類的照顧下長大，即使在這樣人造的安逸環境中長成銀背，牠的血液中依然流動著至尊無上的霸氣。牠十歲時便有逃亡的「前科」，後來牠搬家到荷蘭，住進鹿特丹動物園，在二〇〇七年一個五月的假日，牠翻過猿猴區四公尺高的柵欄，狠狠地攻擊了一位正對牠含情脈脈微笑的女士，不只咬她、還揍了她、把她摔來摔去，又拖行了幾十公尺，圍觀民眾嚇得躲進旁邊的餐廳裡，但Bokito一把將門搗爛，衝進餐廳裡繼續破壞，直到園方人員拿著麻醉槍趕到，才制伏了發威的大猩猩。那位首當其衝的女士被送醫急救，全身有多處骨折和超過一百處撕咬傷，但她活下來了，這件事情在談話節目中成為口水焦點，靈長類動物專家、生物學家和哲學家聚在電視台七嘴八舌，像高中女生在更衣室裡，八卦球隊主將和校花分手的真正原因。

這位受傷的女士在事件發生的一年半前，即Bokito入駐此園起，便頻繁地造訪Bokito的住處，據稱平均每個星期多達四次，每一次女士都隔著玻璃，與Bokito深情對望，工作人員曾經勸阻她，但她依然故我。這位女士事後在訪問中曾說過：「我對牠笑，牠也會對我笑，我跟牠之間有一種默契。」

電視名嘴認為，Bokito一定是戀愛了，愛上這位隔著玻璃凝視牠的女性，因為隔著玻璃得不到她，才會將愛意以暴戾的方式呈現，因為Bikito是銀背大猩猩，牠不知道如何控制自己的脾氣和力量，也不需要控制。

但是動物園園長說：「不可能有這種事，因為銀背大猩猩就是不來這套。牠不戀愛，也不會因為你對牠笑而笑。」銀背不戀愛，牠征服、牠佔有、牠統御，大猩猩家庭是總是一夫多妻，Bokito那時就已經有兩個太太，如果有的話，來第三個也可以。

由於這個事件中的人與動物最後都平安無事，媒體與群眾便放心地享受此次事件的娛樂性，廣告商開始利用Bokito的形象創造流行，DDB Amsterdam廣告公司為保險公司設計了兩千副「觀猩眼鏡」鏡片上貼有眼睛朝左上方斜視的圖片，製造出「沒有沒有，我沒有在看你」的假象，讓人直視大猩猩卻不會被揍，當年獲得坎城廣告獎的「最佳宣傳品銅獎」。

另外，「抗Bokito[12]」一詞大量使用在各種家用品廣告和電視節目中，使得該詞成為荷蘭二〇〇七年度流行語冠軍，意指某物品耐摔強度能抵抗銀背大猩猩的攻擊，至於對那位號稱「與大猩猩心有靈犀」的女士，媒體言論從同情轉向嘲弄，笑她用人的角度看動物，笑她自作多情愛上了大猩猩。但園長承認，Bokito確實有受到這位女士感情上的影響：「因為她每次都轉身離去。」她無數次以眼神接觸了Bokito之後卻跑掉了，這讓Bokito很挫折，挫折感累積變成憤怒，憤怒破表的大猩猩就會變得力拔山兮。

保持距離，這才是安全的最高原則，對人或對猩猩都是。設施完善的動物園不會只用一面強化玻璃隔離大猩猩和人，應該在中間挖出壕溝，台北市立動物園就是這樣：住在台北的銀背大猩猩「寶寶」，會在陽光普照的下午端坐在草地上，展現牠完美的倒三角體格，牠坐得那麼安穩，幾乎就像打坐冥想正要入定，此時牠又緩慢地扭轉頭部，環視這些來看牠的訪客，想必寶寶應該已經把我們這些「毫無威脅、不堪一擊的瘦猩猩」完全看扁了，牠捏著隨手採來的小草花，慢慢地放進嘴裡嚼著，這景象讓我想起坂本龍一的曲子〈某天大猩猩給了一根香蕉[13]〉。

坂本龍一太帥了，事實上他跟男神金城武有很多共同點：他們都演過世界知名的中國電影、他們都住在東京、都是少數能夠駕馭中分瀏海的男人，他們只要動一動指頭（彈鋼琴還真

12 | Bokito-proof
13 | A Day a Gorilla Gives a Banana

銀背大猩猩 Ivo 瞪視
圍觀群眾

台北動物園的「寶寶」
端坐

的是動動手指啊）就會引來無數女性灑花尖叫。

坂本龍一的影響力超越了偶像魅力，歌迷尊稱他為「教授」，教授的才華促使廣大中產階級聽眾更加重視精神層面的提升。喜歡聽教授彈鋼琴是世界上最簡單明瞭的事情，他是史上唯一能在「Oricon」排行榜上用演奏曲擠掉搖滾樂團「B' z」的鋼琴家、他是亞洲電子樂開山鼻祖「黃色魔術交響樂團」（Y. M. O.）創始成員、他會在SUNTORY音樂廳與古典音樂家同奏、也能跟大衛・鮑伊一起演電影、他還是樂活[14]和反地雷反核能的倡議者，有無數的人聽著他的音樂覺得心曠神怡而根本不知道作者是誰、長相如何，而那也已經不再重要。

〈某天大猩猩給了一根香蕉〉的第一個版本是一九八六年「PARCO」百貨公司的廣告歌，在那一年的「Media Bahn Live」全國二十八場巡迴中，這首歌還是十足的Y. M. O. 式電子樂。那之後十年，「Ryuichi Sakamoto Trio World Tour」一九九六年的台北場，是我第一次聽坂本龍一的現場演出，然後我用零用錢買了專輯《1996》，台灣版的第一條音軌就是這首小曲，長度一分四十秒，簡短但一點也不單調的開頭，其後才是一長串如雷貫耳的電影配樂超級名曲，包括：〈末代皇帝[15]〉、〈遮蔽的天空[16]〉、〈咆哮山莊[17]〉、〈俘虜[18]〉……這些輕快的三重奏曲子經常在我腦中循環播放，也經常在世界各種角落的商店住宅聽到別人的哼唱，到了二〇一二年，教授與新組的三重奏「THREE」一起重新詮釋這些曲子。

〈某天大猩猩給了一根香蕉〉，在教授無數的曲目之中，

14 | Lohas　15 | The Last Emperor
16 | The Sheltering Sky　17 | The Wuthering Heights
18 | Merry Christmas Mr. Lawrence

少見地傳達了具象的情景，但這份具象卻反而讓人迷惑，「大猩猩給誰一根香蕉？」教授說，這是一首有著「法國印象主義色彩」的曲子，既然是印象主義，就請停止鑽牛角尖，盡情享受片刻的寧靜光影。生活中充滿了各種稍縱即逝的日常風景，你已經聽過Bokito的故事了，所以，如果，在某一天，大猩猩遞給你一根香蕉，請謹記，絕對、絕對、不可以轉身離去，好好地收下這份禮物，而且，千萬、千萬、不要抬頭看他的眼睛。

狓的四分三十三秒淺眠

Okapi's 4' 33" Light Sleep

成書之前，這本《大動物園》的文章一直在一個叫做「OKAPI」的網站上以專欄型式連載。

很多人都不知道，Okapi是一種真實存在的動物，還以為只是一個可愛的名字，或是想像中穿著條紋上衣的幻獸。

是的，真的有一種動物就叫做Okapi，寫成中文是「霍加狓」，或稱「歐卡皮鹿」，學名「Okapia johnstoni」，其中前半「Okapia」來自當地人對牠的稱呼，而「johnstoni」則取自一九〇一年英國管理烏干達殖民地總督哈里・約翰斯頓爵士，據稱他是第一個取得Okapi顱骨的歐洲人。無論是哪個說法，這幾個字都不是常見好打的字，若想要讓事情簡單一點，可以方便地說：「這是一隻狓（pi）」。

由於以上的殖民主義命名法，用了個總督的名字來拍馬屁，很多人會以為這是一種近代才被發現的異獸，但其實，剛果的土著老早就對狓很熟悉了，狓是他們做陷阱捕捉的獵物之一，古埃及人也知道狓，他們的壁畫遺跡中，出現過長得很像狓的動物。國際神祕動物組織[19]曾經用Okapi的英姿當做協會標誌，但後來一經確認Okapi是真實存在的動物，雖然神奇、卻不神祕，不再符合神祕動物組織的核心精神，於是該組織只好又把吉祥物改回大腳[20]。

19 | International Society of Cryptozoology

20 | Big Foot

你可以說狓四不像，也可以說牠甚麼都像。牠有斑馬屁股、馬的身體、鹿的角蹄（雄狓才有），還有長頸鹿的笑臉，當圓呼呼的舌頭從那張長臉滾動吐出，竟然還真有那麼一點像食蟻獸。無怪乎，早先為狓命名的探險家會將牠歸入馬屬，而尋常牧人光憑那屁股和腳上的斑紋，判定牠是那個誰跟斑馬偷生的孩子，也都是合理懷疑。

當一九〇一年的動物學家將牠的骨頭毛皮和冰河時期殘存的短頸長頸鹿化石比對，才斷定，牠應該是長頸鹿唯一尚未絕種的近親。

不要看牠一臉和善、翹著小屁股悠哉地漫步，狓終其一生都過著睡不熟的生活。野生狓在叢林中的地位脆弱無比，跑得不算最快、肯定沒有攻擊防衛的實力、身上肉倒是不少、屁股上還長了在綠林當中很顯眼的黑白斑紋，似乎在對食肉猛獸們說著：「follow me」，因此狓總是睡得很淺，或站或坐，每次只睡著五分鐘就會警醒，如此斷斷續續地睡，一天睡眠時間加起來總計不到一小時。

刊載這些文章的「OKAPI」是一個讓書蟲盡情揮灑花痴的讀書網站，跟Okapi這種動物碰巧一搭一唱，狓的習性完全合乎一個憂鬱海邊卡夫卡少年（或者中年）的側寫，如果要我選一首曲子，來陪伴牠那每回五分鐘的淺眠，我會選約翰・凱吉[21]的〈四分三十三秒[22]〉。

〈四分三十三秒〉是這位先鋒派作曲家最有名的作品，全曲分為三個樂章，沒有任何一個音符，可以任何樂器配置進

21 | John Cage
22 | 4' 33"

行合奏或獨奏。這首曲子在一九五六年八月二十九日首演時，由實驗派音樂家大衛・都鐸[23]進行獨奏：都鐸走上舞台，觀眾看見他闔上鍵盤蓋子，這個動作至關重要，這是一首曲子開頭的標記，過了一段時間，他又將蓋子打開，這是第一樂章結束的標記，如此進行三個樂章，總共四分三十三秒。這首曲子曾經被人稱為「四分半鐘的寂靜」，這樣說的人啊，還真是乾淨俐落地掉入了常識的陷阱、邏輯的謬誤，因為，這不是很奇怪嗎？「寂靜」既然是寂靜，那它是不可能「被聽見」的呀。

那一年，約翰・凱吉說：

他們搞錯重點。完全的寂靜並不存在。他們根本不懂得聽音樂，以為聽到寂靜，其實聽到的滿滿的都是意外的聲響。在第一樂章你聽見屋外呼嘯的風聲，第二樂章，雨滴開始落下打在屋頂上，第三樂章，人們開始交談或是走出去，他們自己製造出各種有趣的聲音。

這首樂曲問世五十七年以來爭議從未減少，作曲家相信音樂的定義必須超越樂器演奏，他做到了嗎？每一回觀眾和樂評的質疑和暴怒、每一次舊事重提的爭議、每一個外行人不經大腦地說「這種的我也會」，都反覆地映證現代派音樂家的成功，他提出問題，打破習以為常的規範，讓尋常和固定的答案不斷地被動搖。我們不應該因為看到鋼琴、卻沒有鋼琴旋律，就認為音樂不存在，在這四分三十三秒中，確實有音樂性的存在，是開闔琴蓋的聲音、是鋼琴家照譜擦汗的聲音、是演奏家

23 | David Tudor

按下碼表的聲音、是觀眾不安地四處張望、議論或是壓抑著清喉嚨的聲音、是有人不耐煩地站起來離去椅子彈回座位上的聲音，然而，寂靜也確實存在，寂靜存在於聲音的前後，和聲音之間，對這首曲子最正確的描述，應該是「由音樂家演出四分三十三秒聲音與寂靜的混合」，而聲音和寂靜唯一的共同點，是時間（Duration），這個世界上，有四分三十三秒的聲音，也會有四分三十三秒的寂靜，但是，聲音的組合是「音樂」嗎？二〇一三年一堂「TEDx」曼徹斯特大學公開課上，哲學系教授朱利安・朵德[24]告訴我們為什麼他認為〈四分三十三秒〉不是音樂：

> 音樂表演是演奏者依照作曲者的意志製造出聲音，但是在這首「曲子」裡，你聽見的所有聲音都不會是依照作曲者意志進行的，因為在這裡，作曲者給予的指示是：不要發出聲音。

深入的哲學問題先下課休息，回到表面上的藝術概念。

既然有人能創作號稱沒有音符的樂曲，當然也可以說世界上有比寂靜更安靜的噪音。五分鐘，只是幾次眼球轉動、幾回螢幕刷新，幾發已讀卻沒有回音的臉書訊息，五分鐘之後，這隻淺眠的狓又即將警醒地睜開眼睛，如果我能為牠演奏一曲〈四分三十三秒〉，我能想到對牠最好的「聲音／寂靜」的組合，就是剛果依圖里[25]雨林裡的環境音。在分貝量表上，二十分貝以上的音量就能影響睡眠，而在非洲的雨林裡，從樹根到

24 | Julian Dodd
25 | Ituri

樹頂就能出現分層生態系，你聽見那些藏在樹上的蟲與鳥叫得有多大聲嗎？估計大約四十到六十分貝，相當於舊冷氣運轉的噪音，也許還能更吵。在這個有綠葉和陽光的大型迪斯可舞廳裡睡覺，Okapi在這五分鐘之內想要睡好，牠需要的當然不是真正的寂靜，而是比寂靜更安靜的「綠色噪音」，為了狓脆弱的睡眠，請保護所有的森林和草原。

我在柏林動物園見到一隻五歲的狓，他叫做史帝夫，毫無意外地，他也是獨自一狓悠哉嚼食著灌木的嫩葉，屁股圓滾滾，當時的我並不知道，十七天後，在遠方依圖里雨林裡的Okapi復育基地將會遭到民兵與盜獵者攻擊，在那裡的十四隻Okapi將全數死亡，並有保育員在內的六個人類被殺。

戰爭中的動物園

Zoos During Wartime

我媽媽曾經告訴我一件往事：一九五九年八七水災當晚，她又睏又驚慌地在樹上躲了一夜，後來又去了地勢較高的親戚家避難，清晨水勢稍退，帶著恐懼不已的心情往回家的路上走，一行人來到了浩劫後的家門口，可能是害怕看到家園被摧殘的模樣，站在門外遲遲不敢進去。

這個時候，聽到一個聲音，從門裡面傳出來。

是狗叫，他們養的狗沒有被水沖走，而且已經先回到家了。

「聽見狗叫的時候，才完全鬆了一口氣。」

對於遭受死亡威脅的人們，活生生的動物具有強大的鎮定安撫作用。

艾米爾・庫斯托力卡[26]導演的《地下社會[27]》在我心中是永遠的神級作品第一名。電影開頭十分鐘，就緊湊出現了三個巴爾幹半島式的魔幻實例：第一、鼓號樂隊與上膛的左輪手槍同時出現在酒吧裡；第二、一場心不在焉的嫖妓被窗外的砲彈中斷；第三、萬惡法西斯大軍轟炸市區動物園，萬物無家可歸。

巴爾幹半島哪一天沒有爆炸和槍聲？但導演卻選了塞爾維亞首府——貝爾格萊德的市區動物園，那個善良的管理員伊凡[28]跛了一隻腳，有點口吃，衷心熱愛所有動物，在他例行的晨間餵

26 | Emir Kusturica

27 | Underground

28 | Ivan

食途中，眼睜睜地看著德軍飛機投下炸彈，炸毀了這小小的動物園，柵欄傾倒、動物們死亡、掙扎、或是負傷竄逃，伊凡牽著倖存的一匹小馬、抱著失去媽媽的黑猩猩索尼[29]，在到處冒著火焰的大街上哭著逃跑，這時黑道分子「黑仔」叔叔正好經過，他威風地行走，四處斷垣殘壁毫不影響他走在「反法西斯的康莊大道」上的氣勢，他是那麼風流倜儻、西裝筆挺、抽著上好的雪茄，手腕上還掛著一隻有著黃色眼睛的黑貓。

黑仔把雪茄從嘴上拿下，安慰哭個不停的伊凡說：「別哭，我會再幫你建一個動物園。來，拿這些錢去給那孩子（黑猩猩）買些牛奶，別哭了，別讓德國人笑話。」

接下來的畫面，我永遠銘記在心，黑仔做了一個讓我崇拜不已的動作：他把黑貓從後頸軟皮處拎了起來，擦擦右腳的皮鞋，再擦左腳的（幾分鐘之前，一隻走出動物園的大象才拿走了黑仔一雙鞋子，所以他對於腳上這雙鞋子的重視非同小可），貓被當成擦鞋巾，氣得發怒狂叫，不過鞋擦完了，黑仔放下貓，貓就像什麼事也沒發生一樣地貓步離去。

戰爭無非不是你先炸我，他再炸你，事實上，當時炸了塞爾維亞動物園的德國人，自己的柏林動物園也真的被同盟國空軍給炸過，現在人來人往的柏林動物園，曾經歷過兩次大戰，兩次原址重建。人、戰爭以及動物之間的關係，原本就是永無止境的倫理辯論。

日片《大象花子[30]》基於史實改編，同樣一場二戰接近尾聲時，在地球的另一端，日本自知即將戰敗，國土可能遭到美

29 | Soni
30 | ゾウのはな子

軍轟炸，認為一旦動物園被炸，出閘的猛獸將對安全造成重大威脅，於是軍方下令做出預防措施，要求上野恩賜動物園的飼養員，在八月三十一日前「處決」猛獸，並且，為了節省子彈，要採取毒殺的方式。

大象雖然不會吃人，但牠的巨大力量，足以造成重大傷害，也就讓牠變得跟獅子老虎一樣必須得死。大象太聰明，放有毒藥的食物絕對不吃，傷心欲絕的飼育員吉岡（反町隆史飾演）只有停止供應糧草，含淚坐等三隻大象餓死，象的死亡既緩慢又疼痛，甚至在市民為「壯烈犧牲」的動物舉行追悼儀式之後，還有兩隻大象——花子和唐吉——殘留著最後一口氣，要讓那麼龐大的身體耗弱致死，對人和對象而言，都是史上最漫長的折磨，上野的飼育員無不痛心疾問：

「我們當飼育員就是因為喜歡動物，而今卻要我們殺動物，這是為什麼？」

兩年之後，日本戰敗，動物園並未遭受轟炸，而動物園裡已經沒有大象了。有一個小學生寫信到報社，信封裡裝了十塊錢，說他妹妹沒有看過大象，請用這十塊錢去買大象吧。

不久之後，日本政府從泰國得到了一隻幼象，園方又將牠命名為花子，再度交給內心已經蒙上淒慘陰影的飼育員吉岡照顧。在鮮少娛樂的戰後時代，新一代花子帶給無數大人小孩心靈上的慰藉，但一名闖入象欄的醉漢遭牠踩死之後，象與人類之間的友好與信任就蕩然無存了，人們怕牠，牠也怕人，無論吉岡怎麼努力彌補，也都每況愈下，到底為什麼，我們回不去了呢？與其說花子對人類已經不再信任，不如說，吉岡自己對人類也已經失望透頂了。

花子讓我想起另外一隻大象，全台灣最知名的老兵——林旺爺爺。每年幫林旺爺爺慶生的小朋友可能不知道，林旺年輕的時候可是一隻溫馴堅忍的好兵，國民黨軍隊在中印邊界的山區，發現一群日本兵留下來的象，林旺——那時叫做「阿妹」——就在其中，牠們用自己的腳從中南半島走回四川，沿途沒飯吃了，就賣藝賺糧草養活自己，除了拖著自己沉重的身軀走過半個中國大陸，牠們還要載運各種貨物和武器，直到搭船登陸台灣，牠才退役住進動物園，與年輕的外籍配偶馬蘭配對，開始過上牠的退除役官兵生活。

一九六九年，林旺五十歲，長了大腸瘤，當時的醫藥技術無法為龐大的象體做全身麻醉，獸醫和工作人員將牠五花大綁，在人象都極端艱辛的無麻醉狀況下，切除了腫瘤。從此林旺性情大變，看到誰都暴怒，其中牠最最最討厭的，就是飼育員和獸醫，那些讓牠極度痛苦的人之所以那樣做，是為了救牠的命，但縱使象的智商再高，也不可能理解這麼複雜的道理。

保住性命卻從此性格狂暴的林旺，晚年過得並不安穩。一九八六年那次動物園大搬家時，幾十個人花了一整天才把牠騙進運送箱裡，到了木柵新家的時候，牠老人家又將一座電話亭誤認為馬蘭而摔了一跤，養了好久的傷。木柵的新家是一個「哈根貝克」式的動物園，跟圓山不同，新式動物園用壕溝取代鐵籠，讓景觀更接近自然環境，觀賞視野也更好。木柵新家雖然空間寬闊、空氣清新，但林旺心情卻沒有變好，牠關節炎痛得厲害，老是在發怒，不是傷到自己，就是傷到馬蘭，還曾經把馬蘭踢下壕溝，但是，當馬蘭在二〇〇〇年先牠而去的時候，失去老伴的牠，從此卻更消沉了。林旺活到八十六歲過世，是當今文獻記載壽命最長的一隻大象，牠的一生多災多難，命卻比誰都硬，牠見證了戰爭，承受了戰爭的後果，卻從來不曾明白真正的原因。

這不是一個控訴人類殘害動物的寓言，畢竟在所有的戰爭之中，絕大多數的受害者，還是人類，林旺的故事只是一個較為引人入勝的版本，因為說也奇怪，一個住在萬華的人類老兵，得了大腸癌又無麻醉開刀之後經常痛揍年輕外籍配偶的故事，根本沒有人會在意。

還是回到《地下社會》吧。那個在二次大戰被德軍飛機炸毀的塞爾維亞動物園，是一個以鐵籠為建築主體的老派動物園，砲彈炸毀了動物的家，卻也同時解除了他們的牢籠，欄杆被炸開之後，有一個畫面是這樣的：一隻受傷的老虎，旁邊趴著一隻不但正在流血而且非常衰的白鵝，受傷的老虎變得愈發兇惡地對白鵝吼叫著，白鵝不斷用牠那毫無殺傷力的鵝嘴狠啄老虎，然後老虎大嘴一張，就把白鵝給吃了。

庫斯托力卡果真不是一般的導演，他只花了五秒就講完這個物種世界最原始的本質、我們經常忽略的事實，那就是這個世界不是二分為「人類」和「動物」兩個物種的，老虎和白鵝同樣身為動物、同時受難，但並不會因此互相扶持，當炸彈毀滅了動物園的圍牆和柵欄，那些人為的、文明的秩序也被摧毀，弱肉強食的法則在戰爭中只會更加赤裸地被實現，殘酷只是常態，而每一種動物，都會肚子餓。

有人說，人類是唯一會自相殘殺的物種，在我看來，這個說法也很傲慢。人類沒有那麼獨特，誰沒見過狗咬狗呢？母螳螂還不是咬掉了公螳螂的頭嗎？螃蟹還會吃掉自己的腿呢！在生存空間極度壓縮的時候，生存是本能，做法卻有千百萬種。

有幸活在無戰事的平安福地，我們也可以不用想得這麼激烈，就像《少年Pi的奇幻漂流》的中年Pi對著那個從未經歷過苦海漂流、從未與飢餓猛獸面面相覷，只是非常、非常好奇的作家所說的：

「重要的是，你想要相信哪一個版本？」

V

{東}柏林動物公園

再見列寧

{East} Berlin Tierpark

Good bye, Lenin!

我站在柏林動物公園深處一個室內獸欄前，籠子的格紋異常的細密，可以看出這裡是猛獸區，即便必須穿過那麼密麻的籠網，我依舊能清楚分辨出籠子裡動物的斑紋，那是世界上獨一無二、又異常脆弱的美麗毛皮，在野外已經滅絕的台灣雲豹，在這裡竟是帶著新生兒的一家三口。

雲豹新生兒完全是一隻頑皮小貓，牠野心勃勃地要媽媽看著他爬上最高的樹幹，伸出短小前腳往上攀，懸空的後腳揮了兩下，又掉落回媽媽的懷中，迷惑不解為何自己不會飛呢？雲豹媽媽看起來非常睏，但那孩子毫無罷休的意願，依舊上下左右探索著這小場地的無限可能，至於孩子的爸，牠早已佔了一個舒服的角落，熟睡去了。

我站在那裡不知道過了多久。除了我以外，籠外還站著一對來自法國的少年情侶、一個坐在輪椅上的柏林市民與陪同他的動物園志工，過了一會，我發現其中一個人正在流淚，來自世界不同角落毫不相干的幾個人類，在這幾分鐘之內同時呆立看著豹的小動作出神，沒人說話，怕一點點聲音便破壞了這份安詳，也許在無可測量的自然力量中，這只是平凡無奇的居家景象，但對於物種本身來說，生命的延續是多麼、多麼地困難。

動物公園建立於前東柏林佔領時期，是歐洲佔地面積最大的市區動物園，也是一個美麗的景觀公園，這個公園相較於其他帝侯花園十分年輕，在起草設計的當時已經是二十世紀中期，柵欄和圍籬等那些讓人覺得「於心不忍」的設備早已成為過時的標誌，所以在這個動物公園裡，動物能悠閒地享受當今世上最奢侈的東西——空間。

電影《再見列寧[1]》的故事發生在東西德統一的那一年。

1 | Good bye, Lenin!

醫生：以你母親的病情，她不能承受任何刺激。科納先生，任何刺激都不行，我告訴你。

亞歷克斯：任何刺激都不行。

醫生：對，否則會要了她的命。

亞歷克斯：像是東西德統一嗎？（拿起報紙頭版）你管這叫做「刺激」嗎？

亞歷克斯的母親將一生奉獻給東德黨國，為了不讓昏迷後甦醒的母親知道熱愛的祖國已經不復存在，亞歷克斯和懷抱導演夢的好友兩人合作，費盡心思搬演一套東德日常生活大戲：製作假電視新聞、雇用小孩演唱〈少年先鋒隊〉之歌、製作假批文讓母親審閱……，倒下的柏林圍牆成為世界最大的紀念品供應站，東西德人民對於久別重逢無不歡欣雀躍，言論自由降臨，人手一瓶可口可樂、半倒的公社和廢棄舊樓怎麼拍照都特有氣氛，自由市場機制席捲全歐洲，所有城市土地價格都在翻倍，團結德意志的花綵開始褪色，失去認同根基的東柏林人，開始緬懷過去。

才不過九年前，我第一次到柏林。柏林是居住成本最低的「西方」都市，來自歐洲各國的年輕創作者蜂湧而至，每個人都口袋扁塌、卻精力旺盛，在廢棄的哥德式教堂裡徹夜狂舞，到了早上，用啤酒解伏特加的宿醉，那個時候的柏林，慷慨的給予窮酸青年寬敞的空間，居住、遊樂、戀愛、以及偶一為之的——創作。那時的租房仲介會告訴你：從事創意工作，散發藝術氣息的你，應該住在生活機能良好、居民品質整齊的西柏林，而遊玩、吸取養分、與朋友相聚，則到充滿強烈性格的東柏林，在柏林圍牆將城市一分為兩個世界的年代，東柏林的形象深沉而憂鬱、悲傷又陰暗，而在圍牆倒下後，歷史包袱成了渾然天成的藝術景片，輝煌與創傷隱藏在那些史達林式建築中庭的角落。柏林的衰敗之美毫不保留、他的喜怒帶有血肉、這裡的人崇尚冷酷的性感、石板路面的間隙中總有尖銳的碎玻璃，那是前夜遊人懷中不小心落下的半滿酒瓶，住在現代東柏林，每一次夜歸，走上樓梯迴廊之時，你會不禁背脊一涼，站在轉角那片無底黑暗中的，究竟是《欲望之翼》中穿著黑色大衣的天使大叔，還是皮笑肉不笑的情報密探呢？

不久以前甫告別人世、引起全球樂迷及路人一致緬懷的搖滾巨星路・瑞德[2]，在一九七三年也發行了一張叫做《柏林[3]》的專輯，這是一張陰沉又實驗性強的概念專輯，一齣暗黑搖滾歌劇，每個小節都在考驗聽者的精神強度，敘述一對毒蟲鴛鴦的絕望宿命，既浪漫又暴力，歌迷無不目瞪口呆，不知如何回應，只好含淚痛斥。

那時的路・瑞德，剛離開了樂團「地下絲絨[4]」，走的模樣並不好看，那時他還不知道自己參與的黃香蕉封面專輯《地下絲絨與妮可[5]》，將成為史上最重要的搖滾作品，不只如此，某位歌迷聽了那張專輯以後，還一路崛起，最後成為捷克總統。那時的他只是個酗酒又吸毒的半成品，剛與第一任老婆結婚，夫妻倆經常互揍，他還得別無選擇地，帶一票菜鳥樂手上路巡演，直到他在途中開除了整個樂團，然後還跟大衛・鮑伊吵架。

可是，其實那個時候，他根本還沒去過柏林，「Berlin」對他來說只是一個概念，就像藝術家早晚不得不去面對自己的陰暗面。柏林，

2 | Lou Reed　3 | Berlin

4 | The Velvet Underground

5 | The Velvet Underground & Nico

上：柏林動物公園的小雲豹
下：位於動物園內的古蹟費德里契費爾德宮（Schloss Friedrichsfelde）

它能吃掉一個人，也能讓一個人重生，《柏林》這張專輯不但賣得差，樂評也不支持。《滾石》雜誌將之評為「一場災難」，不過六年之後，同一本雜誌則修正評語為「浮誇、頹廢」、「史上最令人沮喪的專輯之一，以一種可怕的姿態展現奇異之美」，可能是因為那一年路・瑞德發行的爵士專輯《鐘[6]》太棒了，於是樂評也突然理解了《柏林》的好。

德意志民主共和國（簡稱東德）的成立，是東西柏林正式走上政治分裂四十五年的開始，火車站旁的百年老柏林動物園劃入了西柏林。那一年，在東柏林，軍警人民一體地展開「全面清掃普魯士封建主義」的工作，「第一條社會主義道路」卡爾馬克斯大道[7]恢宏橫越東柏林，一九五三年，蘇聯坦克大隊駛過這條馬路，平息了第一波大規模德國工人運動。兩年之後，在這條路東向的盡頭，動物公園開張了，作為與西方對抗的象徵，它別具意義。不像百年老柏林動物園的建築那樣，帶有許多封建成分，東德建築師在人去樓空的皇家園林裡為全體人民設計休憩場所，動物公園的動物住在人造岩石和瀑布等較為貼近自然的環境中，中央大圍場上綠草如茵，取代鐵絲網的是運河和樹木，所幸那些從帝制時期就生長著的樹木存活了下來，經過學者研究規劃，他們讓蹄類動物與鳥類混合散養在大圍場的草地上，奔跑起來通體舒暢，看的人也開心。就像東柏林人民在團體生活中實踐共同理想與信念，動物公園裡的動物們也過著很有紀律的團體生活，在人造的自然景觀中遵照飼育員的時間表進餐，為了避免失去天生野性，依照科學方法，飼育員固定操演「行為豐富化」的訓練。

在二〇一二年的一個六月早晨，我睜開眼睛，直視著窗沿一絲

6 | The Bells

7 | Karl-Marx-Allee

不苟的九十度直角，提醒我已經來到嚴謹與務實的國度，如果可以跟神借來一組三角板，相信德國人會連雲層的形狀都規定好。在柏林公寓裡暫住，即使初夏已經到來，兩公尺半高的天花板令人望之生寒，和高聳筆直的四面大窗擺出冷冽氣勢，懸掛而下的燈飾簡約而輕盈，用的是省電燈泡；裝設在房內廁浴分離的洗浴設施潔白如新，聞不到一點異味，轉開已被數十年指紋撫摸溫潤的黃銅門把，行經綠色、棕色、透明玻璃瓶分色集中的酒瓶回收區，對街餐廳裡穿著圍裙的男性侍者，將餐具水杯的圓角對準了桌布的格紋。公車行經「Tacheles」藝術公社，這個曾經在富豪、軍人、納粹手中流轉，最後被龐克藝術家佔領了二十年的老國宅也終於完成了「和平轉移」，正靜默地準備脫胎換骨，成為提升城市土地價值的重大功臣，我環顧四周，書店、攝影概念館、藝廊、設計工作室、創意商品店、咖啡館，一一地睜開眼睛迎接美好的一日，過去的傷痛與陰影似乎從未存在過。回望那些現在已經斑駁的黑白影像，那些破敗的樓宇和整齊劃一的閱兵場面都成為一種距離以外的異國風景，明信片三張五歐元，如果他賣貴了則必須殺價。

「動物公園」地鐵站是柏林現存唯一由東德政府建造的車站，踩著厚實階梯冒出地面時，馬路旁即是嚴整四方的大型集合樓房，上面緊密排列著數百扇窗戶，在這週間白天的壓倒性寧靜之下顯得十分寂寥，超市前方廣場上有半歇半起的市集，麥當勞餐廳裡老人和青少年都露出無聊的神色。橫越清潔平坦的大馬路，就是動物公園的正門，它的面積是老柏林動物園的兩倍大，門票卻還比較便宜（動物公園全票十二歐元／柏林動物園全票十三歐元），乾淨簡約的公廁，附帶一

EAST-SIDE GALLERY
Eingang
Entrance
ALLIED
CHECKPOINT
CHARLIE
ENTRANCE
Pass-
kontrolle

位清掃大媽，會用英文對你說：「三十分錢」，能找零。坐在企業認養的嶄新深綠色長椅上，這個距離下，邊看假山上午睡的北極熊，邊嚼著手中的三明治，此時正巧有感情融洽的人類一家四口牽著家犬散步經過，忽然聽見「噗通」一聲，人們四處張望尋找聲音來源，原來是大白熊跳進水中，開心地游著水。

《滾石》雜誌在千禧年之後突然茅塞頓開，路・瑞德《柏林》這張曾被評為災難的作品，獲選為搖滾史上五百大最佳專輯的第三百四十四名，經典獲得平反，但搖滾樂，以及我們看待搖滾樂之心，還像從前一樣嗎？青少年總覺得自己會永遠熱愛搖滾樂，就像在圍牆倒下的瞬間，人們都激昂地相信自己永遠不會忘記這一刻。

僅存的柏林圍牆共一點三公里長，被藝術家畫上了各種充滿強烈政治批判意味的畫作，命名為「East Side Gallery」，是當下柏林最重要的觀光景點，施普雷[8]河水流過腳下、前方的奧伯鮑姆橋連結暢通了曾經的東西邊界。幾年以前，East Side Gallery默默讓出了五十公尺左右的河景給歐洲電信巨頭「O2」新建的大型體育館，今年度，似乎還得讓位給一排高級公寓，幾幅藝術作品會被銷毀，但還沒人通知作畫的藝術家。

我知道沒有什麼事情會停止不變，當我坐在動物公園附設餐廳的戶外餐桌前，隔著一絡淺水、一道遮住鐵籬的樹叢，看著駱駝成群陶醉在南風之中，牠們的室友則是一大群長腿的紅鶴，關於動物公園易主的消息已經確定，將此地全面重新規劃的風聲不斷，眼前的風景也許很快就要消逝，但我相信在動物公園甫落成的東德時代，必定有許多人真心懷抱理想，誓將東德打造成美麗的家園，否則他們怎會率先建好一個這麼好的動物園呢，動物公園開園後五年，東西柏林之間才築起了高牆。柏林分裂期間，動物公園的園長一直都是同一個科學家海因里希・達格[9]，一九九〇年一月六日，柏林圍牆倒下後第五十八天，這位納粹黨員／萬年園長與世長辭，冷戰結束了。

在那之後，轉眼二十二年已經過去，我心中的這份後冷戰時期憂鬱，也像東柏林一樣，逐漸變得透明而清新。

9 | Heinrich Dathe

媽媽請妳也保重

Take Care of Yourself, Mama

宋濂的《潛溪集》中收錄了知名的金絲猿故事：

金絲猿母子感情極好，飛簷走壁不忘抱來抱去，金絲幼猿的皮草柔軟而稀有，獵人無不覬覦，於是用計先毒殺母猿，再用母猿皮毛吸引小金絲猿，小猿知道媽媽已經死了，但那令他無比思念的氣味驅使著他，就算身赴險境，跳入了獵人圈套，也只為能夠抱著母親皮毛，睡上最後一覺。

另一個母愛故事則是網路流傳的觀光奇文，旅客到非洲觀光區購買現殺穿山甲，母穿山甲經受火烤、敲擊、肢解之後，才發現夾藏在母親死屍腹部，有隻粉紅色幼嫩的穿山甲寶寶，這到死都不放棄的「無私母愛」，被轉寄人用以宣導「吃素」，看得我淚眼婆娑。但是等等，拿出科學精神，讓一位略懂生物的大叔看了照片，大叔涼涼地說了一句：

「那不是穿山甲，是隻犰狳。」

犰狳就犰狳吧，仔細地想一想，母愛真是無私的嗎？還是為了延續種族而在深植基因的本能行為呢？還有，穿山甲和犰狳本身就不吃素的，牠們是吃螞蟻、白蟻、各種昆蟲的啊！

講了這麼多，眼眶都有點濕了，不過我的重點不是母子情深，而是母子情結。

動物母親的生產育兒艱苦又孤獨，牠們總是在沒有外援的情況下，一邊陣痛臨盆、一邊躲避外敵、一邊張羅食物、一邊防止自己的寶寶成為被張羅的食物。一隻母獸還必須面對天擇過程中的許多考驗，做出很多殘酷的抉擇，大貓小貓有時一胎能產下四五隻，帶著複數孩子闖蕩江湖，貓媽媽能叼在嘴上的就只有一兩隻，媽媽捕獵收獲多，大家就能吃飽，若收獲不豐，孩子啊你們得自求多福。牛羊馬的嬰兒一出生就得用自己的四隻腳站起來，如果站不起來，則吃不到母乳，吃不到，便無法活命。

《駱駝駱駝不要哭[10]》是我心中永遠第一名的記錄片，兩個導演跑到戈壁沙漠，想記錄馬頭琴，風沙把臉和機器都吹歪了，牧羊人家庭卻沒人在彈琴啊。但春天是來了，繁殖的季節，有許多綿羊和駱駝寶寶誕生，蒙古人方式是把幼畜交給生母去餵養，而能分清楚哪隻寶寶是誰生的，只有奶奶而已。

奶奶（對爺爺說）：不是這隻的，是那隻的。

爺爺（分羊中，兩手拎滿小羊）：我哪裡分得出來啊！

駱駝是沙漠和草原上最強行走物種，駱駝懷孕期在三百六十到四百四十天之間，直到臨盆前一秒都還在行走。這一年在蒙古草原上，最後一隻待產的母駱駝特別孤僻，牠生起來也特別費事，陣痛了整整兩天，最後靠著牧人幫忙才把小獸生下來，這孩子除了塊頭特大，竟然是隻白子！母駱駝也許是痛到生氣了，不願認這個白色的孩子，用腳踢阿踢的不給吃奶，眼看小駱駝性命垂危，爺爺說：

10 | Die Geschichte vom weinenden Kamel

我看得請個樂師來了……。叫你哥哥來……什麼？你也要去？你會騎駱駝嗎？

那個鬧著要跟哥哥去的小男孩，還長不到駱駝大腿高，他呼呼喝喝指揮駱駝跪下，還是媽媽把他抱上座椅的。兩兄弟到了城裡，看了卡通，小男孩的夢想，變成了要買一台電視機。

哥哥：買電視，那得賣多少頭羊啊。

弟弟：我們家有很多羊啊！

哥哥：不是買電視就好，還得有電。

本片不但記錄消逝中的蒙古精神、也記錄了「駱駝產後憂鬱症」和「馬頭琴心理治療」，千載難逢，以後真的找不到了。

二〇〇六年十二月五日，經過多年的交換配對和研究，一對北極熊小兄弟終於在柏林動物園出生，這本是令人歡欣鼓舞的消息，但二十歲的熊媽媽托斯卡[11]出於不明的原因（我相信一定有苦衷），不願哺育這兩隻小熊，熊二寶被冷落在熊圈的石頭上，數天後小哥哥死去，而弟弟努特[12]則在移住保溫箱四十四天後脫離險境。飼養員無微不至的照顧和混合配方奶的餵養之下，努特順利長大，成為柏林的鎮園之寶、德國之光、國際巨星。努特被人工延續的生命被包裝成一則「孤兒努力記」，這本《小北極熊努特：一隻小北極熊如何征服全世界的故事[13]》便是其中之一，但正當眾人陶醉在勵志光環下時，媒體的過度關注，並沒有讓巨星努特比較快活，當時，沒

11 | Tosca

12 | Knut

13 | Knut：How One Little Polar Bear Captivated the World

有人能料想得到這個故事的結局。

在二〇一一年一個尋常早晨，努特一如往常在園內接受群眾的指點、揮手、拍照、尖叫、呼喊，耐心地等待餵食（順帶一提，牠最喜歡的食物是可頌麵包）。牠覺得有點奇怪，不由得原地自轉了幾圈，突然間，後腿禁不住抽動起來，往後摔落池水中，從此沒有再睜開眼睛。努特活了四年又三個月，而北極熊通常可以活過二十歲，牠那有如彗星過境的生命充滿爭議，有人說人類不該干涉自然演化、有人說園方讓努特成為明星，各種人為壓力造成牠的早死，在一片指責與推諉之後，眾人開始回到所有問題的根源：為甚麼努特的媽媽不要牠？

母熊托斯卡女士，直到現都還生活在柏林動物園裡，幾乎沒有人關心過牠的心情，也沒有人真正知道牠棄養孩子的原因，關於托斯卡這隻北極熊的報導和紀錄少之又少，只知道在來到柏林動物園之前，牠的上一份工作，並不是在北極冰原裡捕食海豹，而是在馬戲團裡面擔任跳舞熊，在那裡，多的是身不由己的母體，在馬戲團裡，小飛象[14]的媽媽因為護子心切而發狠，被貼上了「惡象」標籤關進鐵籠。馬戲團很忙，總是錢不夠，應該沒有人教過托斯卡甚麼是愛。

「戈壁的美麗意外」也好、「動物園的倫理悲劇」也罷，這些都只是語言的雕飾、事後的遠見，某些「人為干涉」是放牧生涯的智慧結晶，而有時孤注一擲的努力只會換得心碎的結局。無論如何，生命的發生，原本就是美麗的意外，無論如何，媽媽請妳也保重。

14 | Dumbo

VI

蒙彼利耶動物園

緩慢

Montpellier Zoo

Slowness

這裡是宇宙的中心，我坐在圓心東側不遠處的遮雨棚下一張小桌前，等待著我點的一杯咖啡，但是它遲遲不來，就是不來。

我人生中學到的第一句西班牙文句型，不是「這個多少錢？」、不是「先生你踩到我的腳了」、也不是「對不起，我已經有男朋友了」，而是「請慢一點」（Mas despacio, por favor.）。任何美好而依依不捨的場面中，在耳鬢廝磨的情熱時分、在闔家光臨的溫馨場合、在暴風雨後洗刷如新的天空下、在千里跋涉後終於看到的雪山峰頂，「緩慢」是唯一應該的要求，你會希望此刻永遠停留、如畫般，然而如畫風景並不是靜止不動，因為時間永遠不會停止前進，它們只是緩慢。無論是薰衣草田或者尼斯海岸、坎城或者尼姆斯、無論是在棕櫚樹下慢食迷迭香烤雞佐鄉村青蔬，或是將絲巾鋪在矮樅樹前草地上啜飲下午第一杯冰涼白酒，在南法城市周遊，緩慢是唯一的原則。我總是無比驚奇，因為無論我如何盡心盡力地消耗光陰，自問「這下時間應該差不多了吧」，鐘面上的指針竟然才只走了幾刻鐘幾分鐘，但千萬不能著急，著急在南法不但不切實際，並且也達不到任何效果。

這個宇宙的中心，叫做佩皮尼昂[1]，位於法國南方、充滿中古世紀遺址的古鎮，十三到十四世紀曾是馬略卡王國在歐陸的首府，以七百年歷史的教堂和經歷三朝皇室修築的皇宮遺址著稱，雖然現在屬於法國，但這裡的居民，是不折不扣的加泰隆尼亞人，女孩子有著微翹上脣和長睫毛，圓潤緊實的肩膀線條，皮膚宛若上好的伊比利亞火腿一樣散發健康的紅光。佩皮尼昂的食物和美酒都深受加泰隆尼亞傳統影響，在這裡的餐廳用餐，必須用法文點西班牙菜，而路標的雙語指示用的是法文和加泰隆尼亞文。但是不要緊，在任何語言裡，「咖啡」

的讀音都差不了多少，但是，咖啡就是不來。

我試著把呼吸放慢，因為我曾聽過有人信誓旦旦地說，生命的函數與呼吸次數有關，褐鼠每分鐘呼吸次數約為一百次，平均能活四年，而烏龜每兩分鐘才呼吸一次，能活超過一百年，我想生命長短的原因應該比這複雜很多，到了我覺得有點缺氧的時候，便完全放棄了呼吸療法，因為要呼吸停止了那就連命都要丟了。

一九六三年，超現實主義畫家薩爾瓦多・達利[2]，在佩皮尼昂老火車站大廳裡感受到前所未有的超凡體驗，一種在宇宙的源頭才可能出現的心靈狂喜，他說只要坐在這個車站的等候室，就能得到源源不盡的靈感，他還相信伊比利半島以此地為圓心旋轉。以此為題，達利創作出超現實主義的里程碑《佩皮尼昂火車站[3]》宣告這個火車站是「宇宙的中心[4]」。

達利是個宇宙起源（Cosmogony）論者，他就像哥白尼、伽利略一樣終生探索存在的本質，為此著迷不已，他同時也是經過醫生認證的天才神經病，在這幅作品中，交叉的光芒標出了中心點，達利本人四肢無力漂浮在車站上空，一切皆無所依只能墜入虛無，拿著尖叉的農民無語地看著耶穌手腳上的聖痕，彷彿那血跡和自己手上的尖銳物毫無關連，一名婦女背對俗世袖手旁觀達利的漂浮，此時一輛機動火車頭正在緩緩駛入宇宙中心——佩皮尼昂火車站。

這個火車站的時間感確實不同一般。

某位趕著前往下一站的國際媒體特派記者急著搭上火車，她來到火車站前，首先試著從黃色自動售票機買票，但惡名昭彰的黃色售票機可能一排六台全數維修中，或是不收法國境外發行的銀行卡，當她

2 | Salvador Dalí

3 | La Gare de Perpignan

4 | Center of the Universe

問過四名各自歪站發呆或聊天的站務、票務、清潔和不知幹啥的制服人員後，終於摸索著找到售票辦公室，辦公室有四對八扇大門，但只有一對提供進出，且門把還沒裝好，須有一位善心人士從裡面推門才能打開，當她走進售票廳，迎接她的是十人以上的買票隊伍，正覺得十個人還好嘛，殊不知很快地就要進入痛苦的深淵。

雖然法國國鐵時尚科技兼具的新櫃檯設計給人一種便利感，但賣票的風格基本上跟上個世紀沒有差別，在這裡，你不能把售票員當成一台機器，他應該是一位新朋友。每一次當售票員招手「下一位」，乘客必須按部就班從頭開始，首先是問候，帶著真心的微笑，不能輕忽，再來必須告訴他你的需求，當然不是簡簡單單將目的地和時間說出來而已，許多乘客以為自己知道怎麼做，其實他們的決定並不是最好，所以還是將這趟旅程的心路歷程一五一十地對售票員從實招來的好，因為旅行並不只是身體外在的移動，也是心靈的旅程。

「是這樣的，我跟我太太……就是這位可愛的女士，我跟她從一九六八年開始就是最好的朋友，對的那一年在巴黎我們參加了街頭運動……不過那說來話長了……哦，是嗎，也許我和你的叔公曾經一起並肩對抗呢！……好的，言歸正傳，是這樣的，我們正慶祝結婚第四十五年，是的，謝謝你，我們以前每年都一起去旅行，孩子出生之後就沒辦法了……但現在他們都長大離家了，我們又開始旅行，我們有兩個孩子，一男一女……謝謝。好的，我們前天到達這裡，吃喝了最好的加泰隆尼亞美食與美酒，看過馬略卡城堡和中古教堂，欣賞了新聞攝影大展的照片，哦那些戰爭中的孩子真是令人心疼，是的，我們也有孩子……我們明天離開這個可愛的城鎮，我們在想，是不是該去亞維儂看薰衣草田，或者是到尼斯享受海灘之美呢？兩者聽起來都是美不勝收，兩者都有舒適的快車到達，在這裡我們是旅客而您是專家，我能否請您給點建議？」

在交換了家族史、旅行愛好、對天氣的感受以及最基本的家庭觀念之後，售票員挑出適當的班次和座位提供旅客選擇，當他輕觸螢幕，左側的列印機吐出兩張略微發熱的票券，他慈愛地將票券放入銅板紙印刷的彩色國鐵信封，雙手交給旅客夫婦，互道珍重，並祝旅途愉快，婚姻繼續幸福，然後售票員收起笑容，Reset心情，按下桌內一個神祕的按鈕，櫃檯的桌面上突然生出一個縫隙，一道有如防搶裝置的金屬外框玻璃帷幕憑空升起，一陣轟隆之後，玻璃隔開了售票員與等候購票的旅客長龍，他拉下玻璃上方的百葉窗，眼不見為淨地打開後門準備享受他的休息時間。急著買票離去的記者依然在隊伍中含淚嘆氣，她在這個等候室中已經站了半個小時，不但沒有買到票，也沒有像達利那樣得到天啟的靈感。

蒙彼利耶動物園[5]距離宇宙中心不遠，放棄一切有關效率的需求，好整以暇地排隊買張票，搭上快速列車「RENFE 9706」只要一個小時又三十二分鐘就能到達蔚藍海岸區第三大城蒙彼利埃[6]總站，跟著人潮走出月台，還沒意識到站台的段差，就已經踩在路面電車縱橫交錯的軌道上，每一條馬路兩旁都有棕櫚樹搖曳生姿，路面電車的外表新得發亮，五彩繽紛的圖案壓在寶藍的、翠綠的、鵝黃的和艷紅的底色上，電車行進的方式那麼溫馴，連一隻跛腳的老狗都能自由地在路中間盡情搔癢。

搭乘同樣令人安心的環保公車，爬上第三大學旁的山坡，經過一

5 | Montpellier Zoo
6 | Montpellier

上：佩皮尼昂火車站
中：帕拉瓦萊弗羅海灘
下：蒙彼利耶動物園

條叫做綠色森林大道的公路，很快便來到動物園最引以為傲的亞馬遜雨林溫室門前，門票六點五歐元，半票只要三歐元。在這個用空調製造出來的雨林中，生平第一次，我看到鱷魚卻感受不到殺氣，生平第一次，我放心地欣賞牠半浮沉的側影（當然也因為隔著一層厚玻璃的緣故），一回神，身邊已站著兩隻雉雞，牠們一樣盯著泡澡中的小鱷魚，也許牠們的心裡也跟我想的一樣。

走出溫室，動物園的庭園造景透露著一種「生活即度假」的南法精神，就像雷諾瓦的畫一樣太平無事、充滿和煦之美。所有的行人步道皆以半徑相當的碎石或是泥土鋪設而成，每隔五十公尺許便有休憩點，廁所是完全不耗能源的環保公廁，像一座藏在森林裡的賞鳥亭一樣隱沒在樹叢間，陽光從下方的空隙滲入，照亮了馬桶的位置。許多當地居民成群結伴到動物園練跑，或者只是漫步聊天，這個動物園裡沒有人會拿著地圖勾選還有哪些動物沒看到，要怎麼樣才能最快到達下個區域，蒙彼利耶動物園各區之間連接的步道蜿蜒，也許並不漫長，但那散步的氛圍總是讓人每走幾步就會在長椅上坐下感受藍天的濃郁，或者暖陽的淺灼，走在連通步道上，聽著鞋底踩在碎石上的沙沙聲，就那樣走了十分鐘，幾乎忘記自己身處動物園，但卻常有孔雀跟蹤不休，來到長頸鹿草原上，後面已經跟了三隻閒得發慌的孔雀。連飼養員都好整以暇，兩個長相俊俏的男子共划一艘小船渡到水鳥池中央的小島，只為了割幾條蘆葦，另一個負責養馬的女孩與一匹白馬咬耳朵說了一大堆悄悄話之後，白馬才甘願讓她爬上馬背踱步離去，消失在油畫般的小路盡頭。

每一種動物都在自己的園地內緩慢行進，與其說是悠閒，不如說極度放鬆，當我經過一堆樹叢，發現上面滿布的紅色果實巨大無比，快要壓垮樹枝，近看原來是掛在樹上的一群美洲紅䴉（唸ㄒㄩㄢˊ，Scarlet Ibis），這種涉禽長腿尖嘴，全身腥紅，只有鳥喙呈現漆黑。當樹枝隨風搖擺，牠們隨之晃動，幾個孩童蹦跳著經過樹旁的木頭步道，發出砰然巨響，即便如此，也不會驚動這群放鬆的紅色Ibis，牠們依舊垂掛在樹梢，彷彿已經知道頭頂上方有一張鐵網，牠們就算想飛也離不開這個牢籠。

這情景與其說是雷諾瓦的印象派即景，反而更像達利的超現實夢境。

那超現實的紅䴉果樹在我眼簾上逐漸淡去，我依舊坐在佩皮尼昂，還在等待我的咖啡，它還是不來。

比達利更早之前，一九三六年的喬治・歐威爾在巴塞隆納參與對抗法西斯政權之戰，巴塞隆納是加泰隆尼亞省的首府，距離宇宙中心只需要三個小時車程，他在《向加泰隆尼亞致敬[7]》中，記錄了這個地區的種種，他盛讚西班牙人的無比慷慨和魅力，同時也偷偷抱怨了一下西班牙式的時間感：

> 有一個西班牙語單詞，沒有哪個外國人沒領教過，那就是mañana——「明天」（字面意思是「早晨」）。只要有可能，今天的事必然拖到明天。這個問題如此嚴重，以至西班牙人自己也拿它當笑話。在西班牙，小至就餐大到戰鬥，從沒有哪件事在預定時間發生。通常事情都發生得太晚，但偶爾也會來得太早——因此你也不能指望它們「必定」會遲到——。

7 | Homage to Catalonia

二〇一一年起，高鐵新站有多列國內和國際快車停靠，一列TGV高速列車穿越西班牙與法國邊境，在兩小時以內連結了達利在加泰隆尼亞省的故鄉菲格雷斯[8]和宇宙的中心。火車舊站近在眼前，那個曾被偉大藝術家裝點過的車站門面正在整修中，無論如何，西側嶄新的現代建築光芒已經太過耀眼，新站二樓則有一個花枝招展的達利紀念堂，大廳正面有一個常見的臨時展示亭，貼滿了今年度優秀的新聞攝影作品和英、法、西三種語言的導覽手冊，從一九八九年起，每一年到了九月，世界新聞攝影大會[9]在此舉辦，那也是呼喚我到宇宙中心的聲音。

在我要搭乘的列車到達之前，我的面前只有一本福克納[10]的《當我彌留之時[11]》，我可以決定繼續空等我的咖啡，或是看著這本艱澀的書籍半睡，無論如何，在過去二十四年之間，數位攝影已經取代底片、老牌報社裁撤全體攝影部門、iPhone成為戰地記者不可或缺的報導伴侶，圍繞著宇宙中心的旋轉越發快速，只有這個車站裡的緩慢一切如故。

這種時候，米蘭・昆德拉[12]的一句話勝過千言萬語：

為什麼緩慢的樂趣消失了呢？以前那些閒逛的人們到哪裡去了？

——《緩慢[13]》

8 | Figueres　9 | Visa pour L' image

10 | William Faulkner　11 | As I Lay Dying

12 | Milan Kundera　13 | La Lenteur

獨角獸、犀牛、派蒂・史密斯

Unicorn, Rhinos, and Patti Smith

村上春樹寫過獨角獸，在《世界末日與冷酷異境[14]》裡，金黃色的（獨角）獸聚集在世界的盡頭。村上春樹小說裡總是出現的「乳房形狀良好」的女孩，在這裡是一位圖書館員，她帶著《幻獸圖鑑》和《動物考古學》來到主角的家裡，進行了快速的獨角獸知識簡報。他們大吃一頓之後上床，然後睡覺，圖書館員夜半醒來，看見桌上的獨角獸頭骨發出奇妙的光芒，骨灰級的遠古記憶，都存放在獸的頭骨裡，摸著獨角獸的頭骨，可以讀夢。頭骨雖有，但獨角獸最重要的印記「獸角」卻不見蹤影，只留下一個窟窿，獨角獸到底是一個傳說中的生物、想像的概念，或曾經確實存在只是已經滅絕了呢？

正如圖書館員所報告，單角、或是單數肢幹的動物，是稀有的存在，有一說是演化的畸形，或說演化進程的孤兒。在哺乳綱動物中，奇數的腳趾還真少見，奇蹄目的動物只有三科七屬十七種，而偶蹄目卻有十科、七十五屬、一百七十一種。總之，哺乳類動物的對稱和平衡，有助於物種生存和延續，連中共領導人愛用的「河蟹」（和諧）都是兩手八腿好好對稱著。獨角獸的外形和概念，在東西方典籍中的描述截然不同：在中國，獨角獸被稱為麒麟，牠是神的坐騎，踩著祥雲，掛著火焰，騰空而來，不傷人畜、不踐踏花木、能活兩千年，與鳳、

14｜世界の終りとハードボイルド ワンダーランド

龜、龍並稱為四種吉獸。但是在希臘人的口中，獨角獸卻有著完全相反的面貌：

> 身體似馬，頭似雄鹿，足似象，尾近乎豬。吼聲粗獷。獨角為黑色，從前額正中突三呎。據說此動物不可能生擒。

到了以宗教為文化主體的中古世紀，基督教文化徹底改變了獨角獸的形象，牠的外形和性情都柔美了許多，以現在的標準來看，是花美男。自此獨角獸的形象走上稀有、純潔、雄性尊貴，經常在各王國徽章旗幟中優雅地現身，在中古世紀畫作中，獨角獸常有處女相伴，神的光芒總是包裹住牠美好的形體。

當時的人相信獨角獸藥粉能治百病、返老還童、讓人體百毒不侵，連獨角獸血都有奇效，能起死回生，只是喝下獸血也等於玷汙了聖潔，所以被獸血救活的人，雖然能從死裡逃生，卻從此只能活在罪孽之中，如行屍走肉般度過餘生。這些令人瘋狂著迷的傳說讓獨角獸身價飛漲，歐洲貴族都想擁有獨角獸骨做成的酒杯，獵人終其一生的發財大志就是抓到獨角獸一戰成名，威尼斯商人高價販售獨角獸藥粉，但實際上，好一點的是拿獨角鯨的角粉，差一點的則拿別的材料招搖撞騙。

達文西曾經想出一招捕獸妙法，利用妙齡少女引誘性慾旺盛的獨角獸，使其將頭部枕在少女膝上，旁人趁機獵捕，羅馬法內斯宅[15]內約一六〇二年的古老壁畫《處女與獨角獸[16]》上，就有

15 | Palazzo Farnese
16 | The Virgin and the unicorn

一隻看來單純傻氣的白色獨角獸，受到少女體香吸引而依偎在她的懷中，壁畫中獨角獸的身形等同一匹潔白的駿馬，頭上的獨角細長而筆直，這樣的形象一直延續到近現代的大眾美學。

到了現代，獨角獸更被附加了夢幻裝飾、童話氛圍，促使牠長期定居在各種喜餅盒蓋上；在兒童張嘴凝視的電視螢幕上，跳動的小獨角獸，不但會笑、有捲得像亞蘭德倫的瀏海，還長出了一對翅膀；翅膀的荒謬，是否間接證明了獨角獸已經不存在世界上了？

等等，奇蹄目還有動物在！獨角獸的後代一定就在這裡。

馬、犀、貘是奇蹄目僅存的三科，這三組外形看來毫不相關的動物，卻有著共同遠祖。奇蹄目出現於始新世（距今約三千六百萬到五千五百萬年前），這一個分支在演化上很孤僻，和今天其他的哺乳動物都沒有太大關係。最先發展出的是馬和驢，第二支是貘和犀牛，根據現代研究的主流推算，貘先出現，而犀牛是從貘分化出來的。今日貘和犀在體形、外表、形象上真是南轅北轍，一點點都不會搞混，但是遠古奇蹄獸「犀貘」到底是犀還是貘，卻是古生物學者吵鬧不休的議題。從化石來看，當時的犀貘還有四個腳趾，但是只有三個用於行走，於是之後（說得精確一點，是數萬年後）第四趾就退化，成為真正的奇蹄目。犀科分支成形之後開始迅速分化，一支走向水邊成為兩棲犀；另一支走苗條輕盈路線的叫做「跑犀」，跑犀長得非常像牠們的遠親馬，沒有長角，但牠還真會跑。第三支則朝向現代犀牛方向發展，現存的現代犀牛共有五種，黑犀牛、白犀牛、爪哇犀牛、印度犀牛、蘇門答臘犀牛，在獨角獸形象被宗教洗禮變成聖潔白馬之前，希臘人對獨角獸的描述與早期的大型犀牛相符，許多人認為已滅絕的板齒犀就是傳說中的獨角獸，魯菲尼亞克洞穴裡的舊石器時代壁畫中，有非常神似板齒犀的身影。

當今所有存活生物當中，犀牛依舊是最符合獨角獸特徵的動物，生活在北極深海的獨角鯨，雖然體態比較優美，但牠的獨角其實是一顆超長而呈螺旋狀的牙齒，根本不是角，再說牠也沒有四條腿。犀牛就是獨角獸有三點為證：第一、貨真價實的獨角；第二、跟人的指甲差不多成分的犀牛角粉，也被商人炒作成仙丹靈藥販售；第三、因為犀牛角，犀牛跟獨角獸一樣成為獵人們的目標，差別在於捕到獨角獸的獵人很少（或是沒有），被殺死的犀牛卻成千上萬。

犀牛因為先天弱視，讓牠們的聽覺和嗅覺變得靈敏，一對犀牛談戀愛時，會吹口哨傳達情意，無獨有偶（在獨角的話題上使用這個成語真是異常貼切），了不起的搖滾音樂詩人派蒂・史密斯[17]眼睛也不好，在一九七七年一次訪談「派蒂答覆《派蒂・史密斯歌迷俱樂部手記四號》，一九七七年四月至五月」中她提到自己小時候眼部肌肉發育遲緩，一邊眼睛得了白瞳症，必須到醫院治療以免失明。

派蒂・史密斯在成為龐克教母之前，已經被認可為優秀的詩人，她的經典專輯《馬[18]》從封面到詞曲都是無庸置疑的當代經典，無論是現場演出或是訪談中，史密斯都以中性的穿著

17 | Patti Smith

18 | Horses

打扮著稱，《馬》封面那張羅伯特・梅普索普[19]拍攝的黑白肖像裡，她甚至穿了男裝，這張照片成為全世界最常出現在文青咖啡館廁所門上的海報，她的儀態不走淑女氣質，但她的一舉一動總是散發強大的女性魅力，讓千萬粉絲為她震懾瘋狂。

有歌迷說派蒂・史密斯的性感之處，就在於她「壓根沒想要擺弄性感」，想想犀牛不也是這樣嗎？犀牛明明就是獨角獸，至少牠是獨角獸家族僅存的唯一宗親，但牠卻「壓根沒想要扮獨角獸」。犀牛只知道做牠自己，牠笨重而遲頓、沒有毛茸茸的觸感，但牠也不需要別人的愛撫或稱讚可愛，牠皮厚如鐵甲，步槍子彈打不穿，泡泥巴水能保養肌膚，一天吃草一百公斤，常保胃腸健康，沒有「處女情節」，不好爭鬥，沒事站著能整天不動，一旦跑起來勢如坦克，時速能達五十六公里，還會甩尾轉彎，要是想騎機車追犀牛，很有可能會「雷禪」（犁田）。

犀牛這一物種在地球上已經存活了五千五百萬年，而今面臨前所未有的威脅，僅存五種犀牛中，有四種瀕危。犀牛角粉已經科學證實毫無醫療作用、成分跟人的指甲無異，但依舊能在越南黑市賣得比黃金還貴，為了得到比黃金還值錢的犀牛角，盜獵人願意鋌而走險。正當一切都讓人感到絕望的時候，一道啟示在達文西老家、永恆之城羅馬降臨：羅馬一處動物園裡的新生兒獐[20]生下來就只有一支犄角，缺一角的鹿類不罕見，算是先天殘疾，但是這一位的單角很稀奇地長在額頭正中間，就像傳說中的獨角獸那樣，於是園方為牠取名「獨角獸」

19 | Robert Mapplethorpe
20 | roe deer

，牠的出生暗示了除了演化因素之外，獨角也可能是基因突變。

二〇一三年，莫三比克「最後十五隻犀牛」被獵殺，這些被放在國家公園內保護的犀牛，被發現死在血泊中，犀牛角已被取走，三十名國家公園管理員涉嫌收賄、協助盜獵被捕，但是在莫三比克，盜獵被抓只消罰錢，這筆錢轉嫁到熱情的買主身上即可。

即使是在盜獵者「當場格殺」的南非，根據二〇一三年十二月十九日的紀錄，該年內死於盜獵的犀牛已逼近一千頭。奇蹟從來追不上盜獵的速度，在遙遠的草原上，保育是一場又一場的槍戰，物種的戰敗就是滅絕，五千五百萬年的犀牛歷史正在掙扎。

地球上的日子又過了一天，當你早上醒來，登入臉書，看見又一張照片上，又一個夾著乳溝、煽著睫毛、用單鍵美膚程式修過圖的嘟嘴女孩，那大量複製的性感也許能幫助你趕走疲累，也許你會想像派蒂・史密斯那樣的女人都到哪裡去了呢，又或者你會想起，今天的地球上，又有幾隻犀牛，在草原上嚼食早餐的時候死去。

跟三月兔一樣瘋
Mad As A March Hare

兔子是極度柔軟又脆弱的。

兔毛細柔綿密、兔鼻抖動起來無辜可愛，小巧的兔牙總是急切地嚼食。兔子肺活量小，怕熱又容易緊張；兔子易骨折，摔不得；無法嘔吐，所以吃壞東西又排泄不了，容易暴斃而死；很敏感，易有精神壓力，噪音、氣候變化、換食物、驚嚇、有新兔加入，都可能導致病變；缺乏汗腺，被毛濃密，只能靠耳朵散熱，總是上氣不接下氣，而且還會吃自己的大便。

小時候我把全套《波特經典童話故事集[21]》看得滾瓜爛熟，波特女士筆下的兔子家族成員不少，彼得是最孤獨又性格脆弱的那一個，他任性又不合群，運氣也很背，為了幾條胡蘿蔔失去了寶藍色襯衫和鞋子，他的堂兄班傑明也好不到哪去，既愛玩愛出主意，卻又不太機伶。

在一面倒的弱點之中，兔子有力的後腿算是一大優點，當感受到危險逼近，兔子會用後腿用力拍打地面，警告同類。在神澤利子原著、李佳純翻譯的日本暗黑童話《灰狗公主[22]》中，北國的齧齒動物們——土撥鼠、松鼠、兔子——被夾在麋鹿和灰狗（狼）兩大強權之間殘喘求生，有那麼一隻叫做銀耳的兔子，他是用後腿擊鼓的吟遊詩人，一跛一跛地行走在無情的雪國，唱盡小動物身不由己的悲哀。《灰狗公主》這本書的序言

21 | The World of Peter Rabbit

22 | 銀のほのおの国

有點誇張，說它是超越《愛麗絲夢遊仙境[23]》的經典童話，可能是因為兩個故事的開頭很接近，把家人寵愛當成理所當然的孩子，百無聊賴地把玩著時間，冷不防地就掉進時間的黑洞，在廣闊無邊、看不到盡頭的未知世界裡強迫成長，《灰狗公主》的作者認同這是一本童書，但《愛麗絲夢遊仙境》一開始就擺明了不是給小孩子看的，小朋友麻煩先去看卡通版。

沒有兔子的帶領，愛麗絲根本不會找到仙境的入口，這整個故事也就不可能存在。愛麗絲在一個午後的野餐草坪上打呵欠，一隻兔子引她跳進了兔子洞。兔子洞可以是通往魔界的入口，也可以是逃離現狀的出口，大衛・林賽─阿貝爾[24]寫的小說、後來被妮可・基嫚演去的電影《兔子洞[25]》，還有譯注者張華窮三十多年時光收集、研究、翻譯而成的解析專書《挖開兔子洞》的書名，都取自這層意義。帶領愛麗絲進入仙境的兔子穿著全套洋服、還帶著懷表，是謂一表兔才，這隻兔子後來也在紅心皇后的法庭上成為關鍵證人，但真正保有兔子本格特性的，應是瘋狂茶會上的三月兔。英語中有「跟三月兔一樣瘋」（Mad as a March hare）這樣的說法，因為春季降臨的三月不但是精神疾病多發時節，也是動物受到自然呼喚凡心大動的繁殖期。

愛麗絲想：「三月兔應該是最有趣的，也許是因為現在是五月，所以他沒有那麼瘋言瘋語的，至少不會像在三月那麼瘋……」

在各種動物中，兔子是特別性致高昂、繁殖迅速的。平均

23 | Alice's Adventures in Wonderland

24 | David Lindsay-Abaire

25 | Rabbit Hole

來說，小兔子五天開耳，十天開眼，兩週學飯，六週離乳，四個月大的時候就達到性成熟。母兔不來月經，而是在交配時排卵，也就是說母兔一旦交配，中獎率幾乎接近百分之百，懷孕期只要一個月，而一胎能生六到八隻，足以在動物界得到最佳生殖好媳婦獎。

一九六〇年，約翰·厄普代克[26]跨越三十年、被稱為美國斷代史的「兔子四部曲」第一部《兔子、快跑[27]》降臨在美國。貫穿四部曲的主角「兔子」哈利·安斯特朗，當時二十六歲，前高中籃球明星、自戀又脆弱。

……身高六呎三吋，藍色的瞳孔有著一點灰白色，他在街頭和小孩打籃球，回家面對妻子的嘮叨，她懷孕了，電視裡放著《米老鼠騎士》，家裡亂七八糟，門口堆砌著一堆垃圾，扔了一個塑膠小丑，小孩子仍在媽媽家。

維基百科上引用不知名人士所述：「『兔子』的一生就是一個往女人身體裡鑽的過程」，「兔子」早婚、生孩子、外遇、養小三、亂倫、換妻，這個美國人自然而然地一路往前跑去，以各種想像所及的形式，犯下了所有男人都會犯的錯誤，萬分無辜，如同一隻春天發情的兔子，他最後儘管可以說，他只是聽從了上帝的啟示，滋生萬物。

有時候，信仰就像兔子一樣容易骨折。在《當時，上帝是一隻兔子[28]》裡，女孩得到了一隻兔子，她原本要以自己的名

26 | John Updike

27 | Rabbit, Run

28 | When God Was A Rabbit

字叫這隻兔子，但哥哥說這隻兔子是公的，於是她叫這隻兔子上帝。

「你剛剛在這兒跟誰說話？」詹妮·彭妮問。

「我的兔子。他會說話，聲音聽著像哈樂德·威爾遜。」我說。

「真的嗎？他會對我說話嗎？」

「不知道，試試吧。」我說。

「嘿，兔子，兔子。」她一邊說，一邊用粗壯的手指戳他的肚子。

「哎喲，你這個搗蛋鬼。」上帝說，「疼。」

詹妮·彭妮靜靜地等了一會兒，然後看著我，又等了一會兒。

「沒聲音啊。」她說。

「也許他只是累了。」

厄普代克將性、宗教、藝術稱為三種偉大的祕密。他篤信上帝，每到星期天早上就會焦急地準備上教堂，在《兔子、快跑》出版前，他約了律師來，好檢討書中關於性的描寫是否會有法律問題，但當律師來了之後，他卻說他「在教會主日學教課所以沒空」。

虔誠信仰與違反倫常的性描寫能同時存在嗎？對厄普代克來說可以，雖然兔子經常都脆弱地臣服於對性的想像，但作家畢竟盡責地發揮了神賜予的寫作天賦。

VII

夜間動物園

去新加坡睡午覺

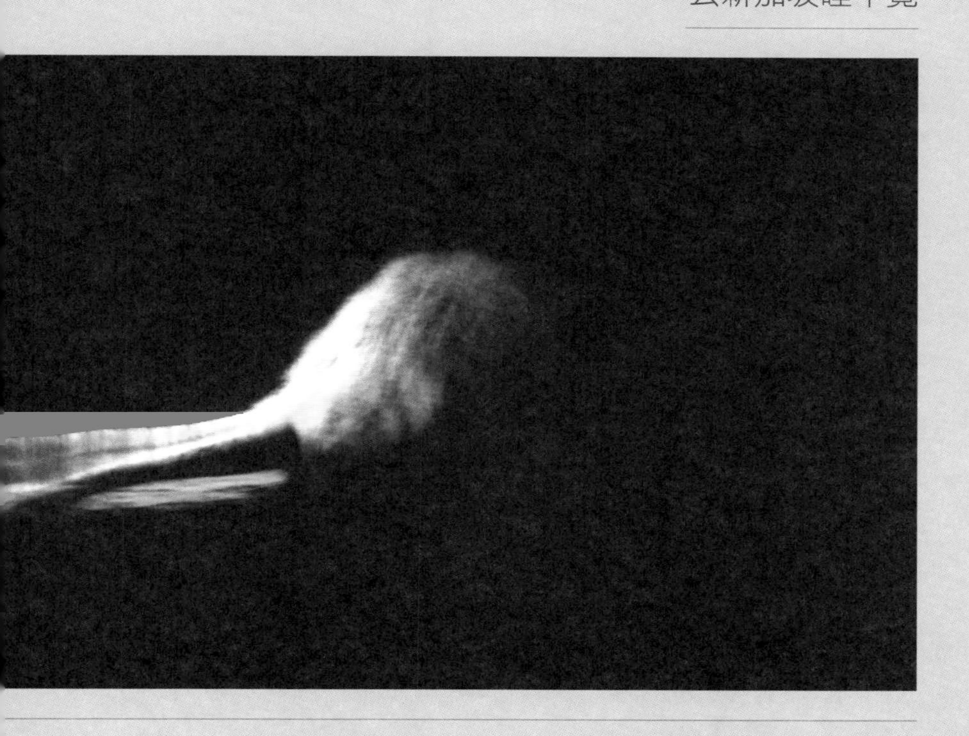

Night Safari

Taking A Nap in Singapore

新加坡適合睡午覺。

你不用那麼驚訝，這個以效率、秩序、以及「沒有口香糖可買」著稱的國家，同時也是一個位於熱帶的「花園城市」，在那極度先進和整潔的外表下，生活意外地簡樸而寧靜。

精密計劃與高度法治讓這個城市國家治安優良、人民安居樂業，為了都市交通順暢，當局嚴格執行各種交通法規，作為一個極度西化的城市，這裡可能是「行人優先」政策達成率最高的華人地區。我真心覺得沒有比新加坡更適合午睡的地方，如果真的想要，可以試著在過馬路的時候睡一下。

這個花園終年高溫，年均高溫攝氏三十一度，呃，還是有冬天的，十二月到一月的月均高溫比其他月份低一度，三十度。這同時也是一個高度使用空調、排放很多很多碳的花園，特別是那些巨型商場和跨國企業的辦公樓，可能是為了讓遠道而來的歐美商務達人有賓至如歸的感覺，室內空調經常設定十六度，大約是舊金山的夏季均溫，如果有人狐疑在熱帶天氣中怎麼穿得住那些筆挺西裝，這就是答案，而新加坡感冒成藥的銷路，也因為室內外巨幅的溫差而獲得了保障，但那暫且不管，我們是來睡午覺的不是嗎？

為了睡午覺，必須早點起床。從清晨起，太陽一出，不拖泥帶水、立馬火力全開直射地面，空氣水氣比金融區的股票營業員還要勤奮地開始日班的賽程，熱帶喬木樹頂的果實與細枝之間，眾鳥爭論不休，白尾熱帶鳥發出尖銳的鳴叫，但除了轉瞬即過的幾抹白點，人們並不知道鳥兒到底有幾隻、還有牠們到底住在哪兒，不過那不重要，牠們總是住在牠們專屬的喬木上層；而在喬木的中層，慵懶的蘭花和薑花依附生長，牠們並沒有看上去那麼脆弱，只是在杜鵑和火鶴這種高調跋扈的色彩包圍下寧願維持優雅；要是有鳳梨，那就更好，小鳳梨多汁能吸引昆蟲靠近，樹上鳥兒不用出門便能飽食，而蕨類和苔蘚則一吋一吋細緻地在爬行中編織，填補所有利用未全的空間，為雨林穿上水份豐潤的綠色外衣。

熱帶雨林多麼令人興奮，世界上過半數的動植物在雨林中棲息，即便是在市區，那些路旁和安全島上滿溢出來的綠色植物，將生機、包容和可能性注入都市生活，一棵麵包樹就是一個忙碌的宇宙，數個垂直生態系在此定居，互不侵擾，唯一突破階層藩籬上下游走的是一隻頑皮的馬來猴。

當我來到新加坡，我覺得自己就是那隻馬來猴。

旅行於亞洲各大都市的商旅人士曾說，台北的氣氛像是一所大學、香港則是一組對沖基金，而新加坡則是一管理良好的跨國企業。對於一切立意良善，有益群體的目標，這個政府都能大刀闊斧地規劃對策徹底執行，一九六五年新加坡建國以來，政府便強力推動大規模綠化，不只是公園和街道，所有住宅樓房都必須保留花園草地，十二層以上的高樓必須有屋頂花園，在這個世界人口密度第二高（第一高的是更小的、另一個富裕的城市國家——摩納哥）裡，平均每平方公里住著七十四萬人，但是人均綠地卻有二十五平方公尺，是足以讓十位大嬸同時跳排舞那麼大的一塊綠地。

新加坡的居住方案也像熱帶雨林一樣，稠密、分層、妥善利用每一分空間，無論垂直或水平，都經過政府單位細密區分，所有土地與容積的指定用途皆有法可循，不可隨意移作他用。超過百分之八十的新加坡國民住在建屋發展局承建的房子裡，這些房子經常都像原地不動的企業號太空船，有方有圓有水滴狀，但無論是哪一種劃時代的建築風格，最大的特色就是密密麻麻的窗子，巨型集合住宅的窗子總是引人入勝，因為僅僅需要一扇窗子，就能帶你進入一個家庭、一種生活，在這炎熱而治安良好的城市裡，週日午後家家戶戶將門窗敞開，濃眉褐膚的外籍幫傭踮起腳尖將晒滿衣物的竹竿往晴空中延伸，洗淨的床單帶著年月留下的黃漬飄揚著；隔壁窗內的奶奶正在燉湯給準備考試的大學生孫子，但她不知道孫子正盤算把湯送去給感冒在家的小女朋友；永遠靠著下一次旅遊的想像撐過每個工作日的上班族，在星期日早上的十八樓高空醒來，總是一再感到十分意外，為何眼下的城市能夠同時擁擠卻寧靜。

先不想那麼複雜的問題，也不需要太過清醒，拖著室內拖鞋，或著直接赤腳踩在冰涼的磨石子地上，不用在意腋下微微的出汗，一會兒涼風便會將汗吹乾，緩慢地烹調一桌早午餐給自己和室友，雖不需要提神，半睡著享用咖啡只是因為咖啡很美味，煎蛋、炒洋蔥、吐司、火腿，這些東西要是不太對味，搭個電梯到樓下的開放食區，那裡就像新加坡市區所有公屋一樣，將整個地面層的牆面打開，放上幾條大排檔，空曠處盡可能放置最多數量的圓桌椅凳，這裡提供平價的各款亞洲美食：星州名產肉骨茶湯、印度咖哩、馬來叻沙、海南雞飯、日式便當、韓國拌飯、台灣牛肉麵，應有盡有只須煩惱該點甚麼。唯一需要一點腦力的則是一定要記得帶一包面紙，因為東南亞美食多汁黏膩，露天享用必定吃得大汗淋漓，而美食站不提供紙巾，再者當你找到一個好位置的時候，放在桌面上的面紙包就是「此位有人」最好的

記號，如果不巧忘了帶面紙，不要緊，四處都有兜售面紙的小販，你不需要移動，他們總是知道如何找到你，總之在新加坡，萬事有譜可循，只要記得帶錢，沒有任何事情需要驚慌。

吃飽喝足、呵欠連連地繞著社區散步一會兒，時間不急不徐地才走到星期天下午四點，距離夜間動物園開園時間還有三個半小時。

「睡午覺吧。」總會有人這樣說。

睡午覺怎麼睡都可以，躺在沙發上盯著跳動的電視畫面、或是聽著隔壁老大爺不清不楚的收音機廣播、拿著一本書假裝閱讀、也可以直接跳上床打開冷氣蓋上棉被來一場奢侈的被窩覺，這種時候，動物園的動物們想必也正在午睡吧。

太陽在午後七點零四分落山，夜晚降臨，穿著短褲拖鞋的男女老幼傾巢而出，在街邊夜市悠閒流連，就像一幅現代化理想國之熱帶風情畫。夜間動物園位於日間開放的新加坡動物園隔壁，在接近馬來西亞邊境的北邊，地鐵轉乘公車得花上一個小時，自駕或搭乘計程車是最快速的方法，但更好的選擇則是搭乘從市中心出發的專用接駁車，每小時一班，成人單程五星幣（約一百二十元新台幣），若搭乘計程車則可能會花上六倍多的錢。夜間動物園的門前車道指標明確，人車分道，門前廣場像最新的iMax電影院一樣，有電子螢幕顯示票價和今晚表演節目的時間，成人普通票是三十五星幣（約八百三十元新台幣），完全是迪士尼樂園檔次的消費，幸虧它也像迪士尼那樣有許多省錢的套票組合，我有幸趕上一回買一送一的活動，否則我入園後的熱烈眼神將大打折扣，這座動物園也像迪士尼樂園一樣處處都有行銷配套，卡通化角色、毛利歌舞、噴火翻跟斗、多媒體劇場、親子活動、餐廳供餐雖不美味，但可以吃飽，也有素食選擇，是一個能讓全家大小待上一整晚的好方案。

娛樂節目以外，動物園本身的規劃似乎也來自一些高度控制狂之手，全區被劃分成多條訂製遊園路線，若想先走走，有四條步行路線：「漁貓小徑」、「花豹小徑」、「東站小徑」、和「沙袋鼠小徑」，呼吸著潮濕的涼意往前走去，雖然有護欄阻隔，但刻意維持的黑暗讓人有身處雨林的真實感，熱帶夜間本就是小型動物活躍的時分，懶熊、藪貓、大耳狐、澳洲沙袋鼠，那些一閃而過的身影、明滅的雙眼，令人興奮得起了雞皮疙瘩，而守候著雨林的還有動物園的工作人員，他們在每個路口轉角提醒遊客不要轉錯彎走錯路，然後又退兩步隱沒在黑暗之中，讓人不禁感嘆不愧是治安極佳的新加坡啊，要是換了別的城市，陰暗的夜間動物園可不成了犯罪大本營嗎？

走累了，搭上小火車輕鬆遊賞各種地域主題訂製路線：「喜馬拉雅山麓」、「印度次大陸」、「非洲赤道地帶」、「印尼－馬來亞森林」、「亞洲河區森林」、「尼泊爾河谷」和「緬甸山腰」，夜間動物園也不例外地處處反映新加坡的立國原則——「企業化」和「多元民族共存」。對環境友善的小火車將音量和排氣量降到最低，幾乎如同在夜間山路中潛行，對許多旅客來說，那些相隔幾十公尺外成群棲息的動物，就像一個個裱框展出的家族合照，在生態與我們之間，贊助者看板也十分引人入勝，大象由象印公司贊助、獅子由獅王牙膏出資、而老虎由新加坡名產虎標萬金油供養，真是再合理不過了。

遊園小火車上的解說員是操著純正英國口音、聰慧明朗的印裔姑娘，在遊園路線全程四十分鐘裡，她辛勤勸說所有遊客不要購買熊

掌、魚翅、虎皮等讓美麗動物遭到殺害的產品，「犀牛角的成分你們知道其實是甚麼嗎？」她努力使用歡愉的語調，好讓自己聽起來不像在說教：「跟我們的指甲成分幾乎是一樣的！根本沒有療效！所以真的我們不要再買這些東西了。」她講到最後聲音有點分岔，元氣也下降了五分，我理解那種疲憊，在這將熱愛動物與飲食混為一談的亞洲，作為一個保育人士經常要面對的疲憊。這時我身後的爸爸顯然一點點都沒有在聽，他指著鹿豬（又名鹿豚，Babirusa）寶寶對他的小孩說：「你看你看，肉骨茶baby。」

小火車如同規劃，在指定地點停下，熄火熄燈，讓車上數十個人類陶醉在夜間動物園裡的自然風光，滿天星斗下，我開始有種被丟棄在草原中央，伸手不見五指的恐慌，但我知道一切都會沒事，因為這是新加坡啊。

非常了解熱帶的毛姆[1]曾在《月亮與六便士[2]》裡這樣描述：

> 這想必是無數夫妻的尋常故事，有一種優雅日常的格調。他讓你想起一條潺潺溪流，蜿蜒行經翠綠的牧場，掩映著雀躍的樹影，直到最後它流進了無涯的大海，但海是那麼平靜、那麼沉默、那麼無動於衷，讓莫名的不安襲上心頭。也許這只是我的根性輕輕地在撞擊，但已足以使我感受到，這大多數人都在過的日子，有那麼一點不對勁。

我在黑暗中，越過那道看不見的隔離電網，得知紅鶴大群即將在摩佛倫羊和條紋鬣狗中間的池塘擺起夜宴，因為今天睡過了午覺，所以派對開始的時候，大家一點也不睏。

1 | William Somerset Maugham

2 | The Moon and Sixpence

貓布丁的作法

Recipe for the Roly-Poly Cat Pudding

我們處在一個極度溺愛貓咪的喵星人時代。

從貓的身上，我們試圖找回在人際社會失去的部分，人們在社交網絡上協尋家貓、認養街貓、為了貓的養育問題爭論不休、分手情侶為了貓的監護權而藕斷絲連。

對貓的態度可以成為一個時代的指標，證明戰後的東亞國家，雖然先後稍有時差，但全都毫不例外地，紛紛脫離農業社會，走進了後資本主義大量消費的現代都市化生活型態，而這個轉變，可以稱為從「狐狸星人」走向「喵星人」的過程。

阿爾奈—湯普森分類法[3]是一套童話分類的方法。由芬蘭民俗學者阿爾奈[4]收集各種童話神話和民間故事加以整理，後經過美國民俗學者湯普森[5]改進而成，動物在童話故事中的戲份之重，以至於這套分類的第一個項目就是動物故事，而其中只有「狐狸」一種動物，是自成一類的。

1. 動物故事（1-299）

1.1. 野生動物（1-99）

1.1.1. 聰明的狐狸或其他動物（1-69）

1.1.2. 其他野生動物（70-99）

1.2. 野生動物與家畜（100-149）

1.3. 野生動物與人（150-199）

3 | Aarne-Thompson classification system

4 | Antti Aarne

5 | Stith Thompson

1.4. 家畜（200-219）

1.5. 其他動物和東西（220-299）（節錄）

狐狸的角色為甚麼那麼重要？想像一個中古時代的中歐農民家庭，屋頂上的煙囪冒著炊煙，屋子四周豎著籬笆，屋前種著胡蘿蔔和萵苣，後院有幾隻雞在地上啄食，離屋子不遠處，豬圈裡的豬仔慢慢長大，豬仔們即將成為值點小錢的農產品，可以是鮮肉，也可以是醃火腿。這些是家禽家畜。

距離農村幾哩遠的是森林，森林是野生動物的家，當人類偶然進入森林，為了撿拾柴火、為了捕獲野味，必須承受猛獸威脅，承受各種難以言喻的恐懼，在童話故事裡，農村和鄉鎮就是日常，而當主角踏出日常，進入森林，他便進入了未知的可能性和風險，而故事總是從此展開。破壞日常與未知之間的平衡，離開森林，入侵人類空間的壞蛋動物，就是狡猾的狐狸。

狐狸的戰力不高，但牠也不是溫順的草食動物，牠不群居、動作敏捷，牠知道比起在森林裡，與牙齒更利、腳程更快的其他肉食動物爭奪飛奔的野兔，不如偷取人類圈養的家畜來得輕鬆。因此牠是最常出現在人類生活中的野生動物，牠影響收成、降低生活品質、還驚嚇孩童，數個世紀以來無論在童話或是其他文學作品的譬喻中，狐狸的形象從沒好過，直到野生動物從人類日常中完全絕跡，至此，當代文學和任何作品中，當狐狸一詞出現，通常就真的只剩下譬喻，但也有少數的例外，這些例外正好為時代的轉變下了註腳。三十五年前的紀錄片《狐狸的故事[6]》，透過老橡樹的擬人視角，講述了恩愛的狐狸夫妻在極寒的日本北方生存的故事，這種全新的清新形象說明了與動物息息相關的農業主體社會已成過去，物種保育意識逐漸普及，還有狐狸真的已經稀少到當不了壞蛋了，牠們成為生態保育的指標。

我相信到了二十世紀現代化農業社會，依然有某種尚未絕跡的動物扮演著「狐狸」角色，在一九五〇年代的台灣，壞蛋就是貓。對農民來說，養貓是難以想像的，應該說，怎麼可能飼養沒有農牧價值的動物呢，實在太不專業了，貓不但無法下蛋，也不太能利用，因為牠跑得快爬得高十分難抓，會跑進田裡把作物踩爛，又會抓壞一切可以抓的東西，絕對不聽人話，還會把看門狗氣哭，最討厭的一點，就是貓尿臭到不可思議，牠們發情時又十分高調，動不動會在門前留下十隻哇哇叫的幼貓，而母貓卻繼續去街上搭訕帥哥。

一九六八年美國《週六晚郵報》開始連載查爾斯・波帝斯[7]的小說《真實的勇氣[8]》，故事背景發生在一八七〇年代，南北戰爭剛結束，美國西部鏢客牛仔恣意橫行，十四歲的麥蒂・羅斯從小就在農場幹活，在她走上這條蠻荒道路尋找殺父仇人之前，她已經從動物那邊學到許多世故的道理。

> 原本我心裡還是有點恨這些小馬的，因為爸爸的死多少與牠們有關。但我這時卻意識到這個想法真是不可理喻，我不該怪罪這些美麗的小傢伙。牠們怎能

6 | キタキツネ物語

7 | Charles Portis

8 | True Grit

> 分辨善惡？牠們是無辜的。不過我所說的僅限於這些小馬，因為我知道某些豬和馬的心裡頭盡是邪念。既然說到這兒了，那我再加一句吧：所有的貓都是邪惡的，雖然牠們常常能被派上用場。誰沒在牠們狡猾的臉上見過撒旦的影子？

是的，「所有的貓都是邪惡的」（All cats are wicked.）。這句話值得像一句希臘格言那樣，被印在長方形紙條並貼在電線杆上，就貼在「地獄近了」的旁邊。身為養貓人，我必須說這樣的觀察是中肯的，貓本能敏銳、又有討人喜歡的外表，牠的本性絕對自私，沒有模糊的空間，就像所有充滿魅力的壞蛋一樣，簡單明瞭，家貓一天睡覺十二小時，且把所有伺候視為理所當然。夏目漱石的《我是貓[9]》裡面，貓還輕視了黃鼠狼呢！

> 黃鼠狼這東西，其實只比耗子大不丁點兒。俺斷喝一聲：你這個畜牲！乘勝追擊，終於把它趕到髒水溝裡去了。

養貓這件「把惡魔養在家中」的行為，正在二十一世紀的現代普及化。根據台大獸醫系費昌勇教授的資料，二○○三年全台灣家貓數為二十四萬七千四百五十五，到了二○一一年，家貓數變成三十七萬兩千九百五十一，八年間增加了十二萬五千四百九十六隻家貓，貓數快要可以坐滿台北小巨蛋，而台北市人類的生育率，正在明顯下降，直探世界最低值。

典型二〇一三年的城鎮生活是這樣：我們吃肉，但牲口不在身邊走動，現代肉食只是商品，動物在遠方靜悄悄地斷了氣，經過標準化處理，用透明膠膜包裝，貼上標價，映照著超市裡誘人食慾的燈光，將它從冷冰冰的貨架上拿下，放進菜籃裡，經過收銀台，掃描條碼發出「嗶」地一聲。當我們偶爾看見一兩隻活蹦亂跳的牛或馬，我們會問，這邊提供騎乘服務嗎？我想餵牠，你們賣飼料嗎？或是用手機拍下一百張大同小異的照片上傳到臉書，也許會有人按讚，也許會有人說：「這在哪？我也要去玩！」

當一切都成為商品和服務，你也許會感到疲倦，而在這個時代，只有貓的存在目空一切，不再有人怨恨牠的臭尿騷味，反而畢恭畢敬地彎腰打掃牠的廁所。貓不在乎別人怎麼看牠，有食物就會吃，要是這裡沒得吃，就去那裡找。貓是動物界行銷最成功的品牌，就像一支iPhone，比較貴、比較費電、牠有的別的動物也有，但是，貓就是能讓你逐漸離不開牠。

貓的壞話講夠了，現在，雖然有點唐突，我想在此分享《波特童話集》中的一道獨門食譜：「貓布丁[10]」。這道布丁食譜的創始者，是一對英國鄉村老鼠夫婦安娜和山慕。這裡說的布丁並不是常見的那種甜美剔透的雞蛋布丁甜點，在英國，布丁是內夾肉餡有鹹味的正式餐點，而貓布丁的做法如下：

首先，要有一隻貓。（那是當然的。）

老鼠夫婦抓住了天不怕地不怕的小胖貓湯姆，把牠用繩子一圈一圈的綑起來，像一條叉燒，然後牠們大費

周章地去「拿了」一些牛油和麵粉，「借了」一根擀
麵杖，把這些東西拿回到閣樓的夾層，開始進入下一
步：做麵糰。
他們先把他（湯姆）抹上牛油，再把他滾到麵糰裡。

這裡要注意的一點是，麵糰要夠多，才能把貓耳朵和尾巴那些動來動去的部分全部都好好裹上，裹好麵糰之後，就要送進烤箱，當然，放得下一隻貓的烤箱勢必要很大，並且火候的控制也會是一個問題，這時，山慕問了一個技術問題：

「安娜，那根繩子是不是不好消化？」

如同許多夫妻一起作菜必然發生的結果，老鼠夫婦爭辯了起來，關於繩子是否影響消化、關於貓身上的灰泥讓麵糰很髒、關於貓尾巴上的麵糰沒有裹好，就在這一片吵吵鬧鬧的日常風景中，人類和小狗扳開屋頂，找回小貓，老鼠拋下晚餐，捲鋪蓋逃亡。

波特童話的世界多麼好，只有人類、貓狗、齧齒動物三個階級，三個階級就足以維持莊園內的生態平衡。也許某些激烈的動物魔人會說，那幹嘛要有人類，只有動物的世界才是最好的世界。

我說：沒有人類，哪來牛油跟擀麵杖？

貍所渴望的幸福

The Happiness That Tanukis Could Possibly Long for

如果只讀四書五經，會覺得古人都很溫良恭儉；如果只吟詩詞，會覺得古人都是文青情聖；如果只看元曲雜劇，會覺得我的天哪，古人不是狼心狗肺的無恥惡人，就是壯烈犧牲的好人，都沒有中間的嗎？

「詞與曲是孿生兄弟，詞是翩翩佳公子，曲則帶有惡少的氣息。」這是大學者鄭騫下的註腳，元曲好似文學界的《蘋果日報》，揭開社會現實瘡疤，直指官場黑暗腐敗：仇殺、冤屈、偷情、私奔、陷害，應有盡有，而最後昭雪冤屈、智取惡人、搶救成功，大快觀眾人心，惡少雖惡，但流連於市井街巷之間、眷戀於胭脂紅顏膝上，處處可見不羈的浪漫，卻能明察人生疾苦，為寫實文學之生活百科也。

元曲有四大家，他們的排名時有爭議，有人說是關、馬、鄭、白，又有人認為以年代及造詣論之，應稱關、白、馬、鄭，不管怎麼排，關漢卿都是毫無疑問的第一名，王國維在《宋元戲曲史》中這樣說：「關漢卿一空倚傍，自鑄偉詞，而其言曲盡人情，字字本色，故當為元人第一。」

關漢卿這位擁有北京戶口，在太醫院長大的風流才子，一生寫了六十多種雜劇，熱愛各種表演場合，以及那些地方的美女和好酒，他不僅僅被稱為東方莎士比亞，前蘇聯還曾經發行過關漢卿郵票，在水星（對，宇宙、銀河系、太陽系、九大行星的水星）上甚至有一座環形山以關漢卿為名。

關老師對雜劇以及後世戲曲小說影響深遠，他保留市井生活景象、俗俚語言、笑看假道學和吃人的禮教、深刻描寫底層社會的愛與痛苦，他的作品是說書人和編劇的甘霖，他能用最簡潔的語言講最扣人心弦的情節，道盡人世一切無可奈何，卻有笑有淚、有血有肉，就算台灣這個壓根沒下雪的島上、就算沒看過全本《感天動地竇娥冤》、甚至不知道元曲是甚麼的人也都知道，六月飛雪，表示冤情深重。除了情深意重美麗風塵女，小姐書生的跨階級苦戀以外，元雜劇還建立了氣勢磅礡的悲劇標準，貫穿這些悲劇的是一種非常中國特色的基礎——血親。

作品名氣遠大過作者紀君祥的《冤報冤趙氏孤兒》（或作《趙氏孤兒大報仇》）是第一位海內外知名的中國孤兒，這是一部彈無虛發的黑暗炸彈，在任何時代搬演這部戲，都能讓當權者莫名抖了起來，豈不讓海內外劇作家導演紛紛手癢。

約三百年前，歐洲曾出現好幾個改編／新編／重組／實驗版本。 第一個外譯版本是一七三一年天主教士為傳教而選譯的版本，名為《中國孤兒》，後來還出現了英語和義大利語版，雖然錯誤百出，而且省略了許多用典和唱詞，但在歐洲還是掀起一股中國熱。英國的威廉・赫契特曾大肆改編了一個版本，搞得有點像現在的「神韻晚會」，他把戲中主要角色立場對調，還把外國人所知最淺顯的中國印象全部壓縮入戲，於是奪權者「屠岸賈」變成「蕭何」、忠臣「公孫杵臼」變成「老子」、還出現了吳三桂和康熙皇帝，他的目的也跟現在的神韻晚會一樣，以作戲攻擊掌權者，以此看來實在不用以文學標準跟他一般見識，反正這部戲也從未正式上演過。改編趙氏孤兒獲得極大好評的是一七五五年在巴黎首演的伏爾泰[11]版本《中國孤兒[12]》，伏爾泰把故事背景改成了他比較有研究的成吉思汗時代，於是就成了另一個故事了。中國孤兒曾經回流，一九九〇年在天津，前衛導演林兆華同時搬演兩個版本，台上演出河北梆子原版，台下演出伏爾泰版本的話劇，兩邊的演員偶爾會互為觀眾，也許歐洲人看中國，就像中國人看外國一樣，總是隔了一層一知半解的紗。

皇室繼承人是個奇妙的身分，一個生下來就註定永不失業、註定一生與權力欲望相伴的嬰兒，他人生的美好與惡運都來自血統，而且後宮真的好忙，小事如麻，人命關天。

歸納起來，宮鬥這一行只做兩件事：第一、消滅別的女人，第二、消滅別的女人的兒子。奪權竄位者必定誅殺前朝皇子，以絕後患，但是說也奇怪，不管怎麼樣地毯式屠殺、無論怎麼挺著「寧可錯殺一百也不可縱放一人」的霸氣，總是會漏掉那麼一個最最不能留的小朋友，這個小朋友多麼重要，他的存活可以翻轉一個時代、一個國家，於是忠心耿耿的臣下僕役，甘願用自己一條小命換取繼承人的未來，即使只是些許可能。

11 | Voltaire
12 | L'Orphelin de la Chine

貍貓換太子是歷史故事的拼貼重組，以真實存在過的歷史人物，講虛構的故事，為的是彰顯正義公理。它的主角也是一個被謀害的皇子，講述宋真宗的愛妃李辰妃生子，皇后因此忌恨，太監郭槐買通了產婆，用一隻「剝了皮的貍貓」換掉嬰兒，稱李辰妃產下一個妖怪，這個故事的關鍵人物，又是一名忠心僕役——宮女寇珠，她受命將嬰兒放進果盒帶出投水溺斃，但是寇珠於心不忍，讓這孩子活了下來，寇珠以死相護，故事得以繼續，而日後包青天的豐功偉業便又添一樁。

那隻倒楣的貍貓到底是甚麼動物呢？依照漢聲中國童話裡的插圖，形狀很像一隻貓咪，維基百科說是「豹貓」，應該不是霹靂貓，而是石虎，但是壞蛋會那麼費事冒著被咬斷手指的危險，去弄一隻石虎來掉包嗎？我猜想可能是抓了一隻野貓吧，畢竟動物剝皮之後（哎真可憐哪）看起來都差不多一樣恐怖。

貍貓換太子的故事出自《三俠五義》，是晚清咸豐年間石玉昆的口頭說書集結，石玉昆在當時就像劉墉老師一樣，是超級暢銷的勵志作家，有他說書的場子座無虛席，聽眾如癡如醉，他的故事縱有千迴百轉，俠義之人總在最後關頭伸張正義，後來還增修再版成為《七俠五義》。七俠五義的故事，沒有元曲雜劇那樣複雜的人物性格，也不會有元曲那樣的文學地位和藝術價值，但是人們需要這些故事，就在當時石玉昆說書的場子外，太平天國正在興起，他們的心思就跟熱愛七俠五義的聽眾一般，相信一個超凡的正義之士從會天而降，盼望神明附體，期待奇蹟。不能怪老百姓癡迷，日子真是太難過了呀，英法聯軍打進了首都，燒毀圓明園，咸豐皇帝沒有保衛家園，還帶著他喜歡的葉赫那拉氏（後來的慈禧太后）和戲班子（怕逃命無聊）逃去熱河。

戲曲傑作至今依舊熱門，趙氏孤兒常被得獎心旺盛的導演當作東方哈姆雷特，在巨作的架構上大玩戲劇元素，而狸貓換太子則是歌仔戲和七點半檔電視劇的最愛，無論怎麼拍，現代影視劇末勢必要加上一行「沒有動物因為本片而受傷」，但實際上怎麼樣誰知道呢？還是動畫好啊，不會流血、沒有強迫、而且動物還可以說各國語言呢！

高畑勳導演的動畫《歡喜碰碰狸[13]》是吉卜力工作室作品中「最不宮崎駿」的一部，據說工作室老闆宮崎駿並不喜歡這個片名，但高畑勳導演刻意取了這麼個土氣的片名，想要回歸一個單純的狸視角故事，而非舉著環保大旗控訴誰或什麼。

狐和狸在日本是半神化的生物，傳說依照道行高低，可以變成各種模樣，不過某些與生俱來的特色是魔法無法改變的，狐變成的人高瘦，臉尖而眼細，而日語中的狸（Tanuki）其實是犬科的貉（一丘之貉的貉），跟貓一點關係也沒有，動畫中，狸代表了凡庸的大多數，狸變成的人老實純樸，重視家庭，卻也容易受騙。

群居的狸活得卑微，跌跌撞撞，卻總是相親相愛，當片尾字幕升起，狸在奔跑中一件件褪去身上的人類衣著，再度四腳著地向親友奔去，正如那首歌唱的一樣：〈總有誰在你

13 ｜平成狸合戦ぽんぽこ

身邊[14]〉，這首歌是上上颱風的作品，此樂團以採用大量日本各地民樂，創作「無國籍音樂」著稱，可能是因為三味線和唱腔太有特色，經常被認為來自沖繩，但其實他們來自橫濱。

我相信一個時代的群眾渴望甚麼，就會流行甚麼。趙氏孤兒的觀眾渴望國家道統、貍貓換太子的粉絲渴望正義，《平成狸合戰》一九九四年在日本上映，創下二十六億票房，貍的戰爭對抗的是徵收家園土地的人類建商，貍渴望安居樂業，這不也是現代人渴望的嗎？

也許近在你我的身邊，就有一隻耿直憨厚的貍，正默默地為親愛的家人打拚。

VIII

上海動物園

男女繼續沉醉

Shanghai Zoo

Men, Women, Keep Dreaming

為了忘記某個人類，一位女士動身前往動物園。

上海獨有的優雅與虛偽，無時不在鼓勵著華麗的愛情遊戲，但是現在，她只想一個人安靜地忘記。

走進地鐵站之前她側耳傾聽了一會，只要心情沉澱了，久光百貨廣場上強力放送的日文流行歌曲的間隙中，能聽見鈴聲，那鈴聲來自古煞靜安寺院中新起的房舍，狹窄院落裡密集建築的塔樓，用的是黃金琉璃和銅瓦，飛簷上垂掛著金龍吻、象、五輪塔、仙人、走獸、垂魚，當微風經過，屋角上的風鈴便輕輕地伴奏。

上海是全中國現代化都市程度最早最高的城市，不只是因為樓宇輝煌、不只是因為黃浦江邊的西式建築遺產，不只是因為有東方明珠塔在夜裡閃耀，不只是因為金茂大廈有一百三十部電梯、每日維護費用為一百萬人民幣、長得像變形金剛，而是從二十世紀初起，上海就已經擁有西郊這樣綠草如茵，馬場高爾夫、涼亭賞花樂的都會郊區。

張愛玲在《半生緣》裡這樣寫，「有人發了財，就到虹橋路上買地蓋別墅。」上海動物園就位於虹橋路上，虹橋路橫貫上海西郊，西郊是甚麼樣的地方呢？如果外灘是上海的客廳，西郊就是上海的後花園，客廳裡喝茶拜年，講得都是漂亮的場面話，後花園裡則充滿了私密耳語，在那一幢幢精緻安逸的花園洋房中看不見的角落裡，親密的或是尖酸的、溫柔的或是絕情的，「滾滾紅塵裡的隱約耳語」正在進行，而我們除了樹梢鳥鳴和某個陽台上半開窗內傳出的留聲機音樂以外，一個完整的字兒也聽不見。這個地方就是西郊。

出身上海的專欄作家小寶曾描述，「對小市民來說，西郊就是世界的盡頭，最遠的地方。」你知道西郊在哪裡，但西郊並不友善，她永遠神祕。

一九三〇年代的西郊是名人別墅區，西郊產權的組成分子勾勒了上海低調的奢侈豪華，洋行主人、「蔣宋孔陳」四大家族、愛國的民族資本家，都在西郊佔有一處寧靜角落。陳納德將軍與陳香梅在此一都鐸式的洋房前舉辦婚禮，用繳械的日本軍刀切開蛋糕，新娘打開將軍送的小禮物，裡面是洋房的金鑰匙，在「清晨起來，到樓東看日出，晚間無事，在月影下散步」的上海小日子裡，直逼上海的戰火與如火如荼民族運動的喧鬧彷彿從不存在。何以如此寧靜，與別墅隔街相望的「西郊公園」功不可沒，但那個時候，「西郊公園」還不叫作西郊公園。

一九九〇年起，此處佔地一點三公頃的綠地本是英國人的私人馬房，後來被太古、匯豐等八家英商買下，改建為高爾夫俱樂部，俱樂部往來皆為富商巨賈，如果我是一名太平洋戰爭中的日軍轟炸機駕駛員，我就會挑個晴朗的週末夜飛到俱樂部上空，對準那個用水晶燈照亮杯觥交錯和衣香鬢影的交誼廳投下炸彈，便能撼動全亞洲的金融貿易。

但幸好當時的敵軍並沒有這樣做。高爾夫俱樂部綠地在戰後的一九五三年被收歸公有，一九五四年五月二十五日，定名為「西郊公園」，對上海公眾開放，同一年底開始轉型成動物園的擴建計劃。往後多年，來自中國各地的動物陸續入住，包括從當時尚未開通道路的版納運來一隻大象，除此之外，上海市區多處公園的動物也多移到此地飼養，西郊動物園自此成為上海學校遠足首選景點，老上海人美好童年回憶的一顆硃砂痣。

> 也許每一個男子全都有過這樣的兩個女人，至少兩個。娶了紅玫瑰，久而久之，紅的變了牆上的一抹蚊子血，白的還是「床前明月光」；娶了白玫瑰，白的便是衣服上沾的一粒飯粘子，紅的卻是心口上一顆硃砂痣。
>
> ——《紅玫瑰與白玫瑰》

懷疑自己成為一抹蚊子血的女士在下午三點入園，太陽已經斜到天邊，就著最後一點陽光，還能看見黑天鵝的輪廓，白天鵝倒還是依舊閃亮，天鵝十分安詳地在湖面上游移，但火烈鳥和鵜鶘很吵，牠們全都鼓噪著想要快點下班。東北虎獨自坐在庭院正中，背對著群眾，用牠壯美而瀕危的斑紋震懾這個世界，三隻不到一歲的東北虎寶寶在育兒室裡調皮地玩成一團，玻璃之外則是數十台拍個不停的手機相機。女士看著小老虎，牠們是那樣幼稚而好奇，除了玩與吃之外一概不在乎，牠們不知道自己的體重已經超過五十公斤，牠們的牙與爪與力氣足以殺死草食動物或是一名意志薄弱的人類。

袋鼠群散養在幾棵樹木之間，在深淺褐色同伴中，唯一的一隻白子袋鼠全身毛髮粗硬慘白，睜著紅色的眼睛，陽光又短了一截，在明暗之間白袋鼠看起來就像是從實驗室逃脫出來的人工智慧大白鼠。日光持續消失中。一個已經褪色的長頸鹿標本靜靜地站在湖濱樹下，那是已經死去的「海濱」，海濱出生於日本橫濱，原先是敵國的日本戰敗之後，為了表示友好與希望，送來的長頸鹿名字取「上海」、「橫

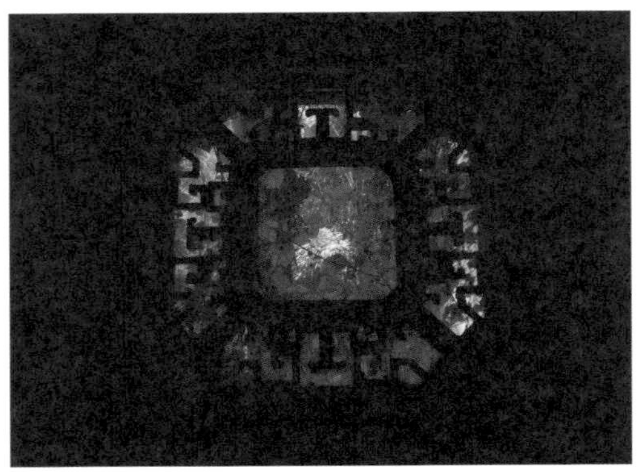

濱」各一字，海濱於一九九三年產下寶寶「九洲」後，突然病死，解剖之後在牠肚子裡發現大量的塑膠袋。

距離日落還有二十分鐘，照明不足的大象館已提早上鎖，這棟一九五五年落成的美麗中國式建築是上海動物園第一個動物館舍，隨著僅存日光灑落，爬藤從天井垂下的模樣，就像大象曾經快樂生活的西雙版納山林，從木頭窗櫺的縫間偷看房舍裡面，兩隻大象一邊一個，甩著鼻子洗澡，牠們微揚的嘴型看來就像正相視而笑。

下午四點五十八分日落，頓時寒氣壟罩了公園，樹木都不再和善、換上冷漠的臉，快速地往出口移動時，聞到一股騷味，原來阿拉伯狒狒家族就在路旁，牠們就著天空最後一抹霞光，全數坐上高台，雖然看不清臉孔，但紅得發亮的屁股還是清晰可辨。那是一個完整的家族，每個成員都坐在自己該坐的位置，做著自己該做的事情，或是互相抓蝨子、或是為尊長按摩、或是躲得遠遠的、或是照顧新生兒，無論如何，那個坐得最高的必定是雄性一家之主，牠必定擁有複數配偶，為牠生兒育女沿續優秀基因。一個優越的男性倒底要擁有多少配偶才夠呢？可以的話，越多越好，在動物的世界裡，大部分都是這樣的。

而女人在上海生活，就像張愛玲說的：「聽到一些事，明明不相干的，也會在心中拐幾個彎想到你」。

難道只能繼續這樣閨怨下去嗎？當然不行！

其實只要早一點起床、早一點出發，人生光景就會非常不同。

應該沒有哪間動物園比上海動物園更早開門，一年四季都是早上六點半，持有晨練卡者，更可以五點就入園運動。

延續著西郊公園服務市民的精神，上海動物園改制之後，繼續滿足居民各種休閒需求，若你在早上七點左右擠過市區尖峰時段的地鐵，來到園內，便會感到一陣清新氣息撲面而來，數十位身著制服的婦女正在巨幅的「中國珍稀動物」分布圖前，跳著整齊劃一的韻律舞；金魚廊下，穿著合身長褲的中年紳士，伴著自備音響播放的探戈樂曲，擁著舞伴翩翩起舞，金魚早習以為常；在去見大熊貓的路上，父子兩人拉起網子，一來一往地打起羽毛球，一兩隻胖貓咪在草叢裡打呵欠，早上的公園垃圾桶還很空，牠們得等到傍晚才會開始覓食。一大一小兩個草坪，曾經是貴族富商專屬的高爾夫球場，現在一個洞也沒有，足以容納各路武功高手、甩手達人和瑜珈大師在此自我提升。這個月份，來自北方的候鳥開始先後駕到，牠們在湖邊玩膩了，可以到草坪上去看看人類的傻勁，艷紅與金黃的月季花在十月盛開過，花園旁就是長頸鹿園，「海濱」死後又過了二十年，當時留下的

孤兒「九洲」已經長大，也產下寶寶，是為「海漂」第三代，也許來日能講得一口好上海話。

要不是看了簡介，感覺不到上海動物園的動物多達四百多種，也許是因為公園太大了吧，佔地竟有七十四點三萬平方公尺，換算成本區租金每個月價值五千五百七十二萬又五千元人民幣（約二點七億新台幣）。你能想像月租二點七億的土地現在成為開放給公眾休憩的場所，只要花不到兩百新台幣（全票四十元人民幣，優待票另價）就能在裡面遊玩、運動、遛小孩或是療情傷嗎？

從這個角度來看，上海便不那麼令人沮喪了，畢竟愛錢也是上海重要的特質之一，動物園裡的晨昏提醒了各種過去的美好與傷感，但是身為人類應該都能理解，那種對物質的迷戀，就像東方明珠一樣高掛著，照耀著上海的日與夜，激勵著上海男女繼續沉醉。

愛是一條狗

Amores Perros

在千百年的朝夕相處、生死與共之後，現代文學與電影中，狗的身影早已脫離自然生態，正式成為人類社會風景中的一個角色，狗兒們有時被當成情感的投射客體、有時是方便的萬年臨演、有時是討好群眾的玩偶、有時則是一面鏡子：一個人怎麼對待狗，狗便會把他的人格直接反射回去。

澳大利亞小說家亨利・勞森[1]的短篇小說刻劃了十九世紀末墾荒時期澳大利亞的工人百態，在《上了炸藥的狗[2]》短篇集中，除了那隻（真的）上了炸藥的狗以外，〈我的那隻狗〉簡單明瞭，是一個因打架而斷了三根肋骨的剪羊毛工人，對著要貫徹醫院政策把斷腿老狗趕出去的醫生們，演出了一場一鏡到底的痛徹頓悟。

它（這隻老狗）跟著我一起熬過水災，又熬過旱災。

過過好日子，也過過苦日子——多半是苦日子……。

史派克・李[3]導演的《二十五小時[4]》裡，那個曾經不可一世的男人在即將失去自由的倒數二十四小時內，將那份絕對不能帶入監獄的良知與溫柔轉化成為一隻狗。

蒙蒂・布洛根[5]（愛德華・諾頓飾演）：你看看，牠（狗）還活著。

1 | Henry Lawson 2 | The Loaded Dog

3 | Spike Lee 4 | 25th Hour

5 | Monty Brogan

在江湖上行走，一個孤獨男人，要是帶隻稱頭的狗，他的落魄與骯髒便都不再尷尬，而離經叛道之人自稱野狗，想必有份藐視禮教的痛快。西元前三百多年的希臘犬儒學派創始者阿提斯泰，決心像一條狗一樣活下去。他行事作風旁若無人、放浪形骸，但卻感覺靈敏、敵我分明、敢鬥敢咬。「犬儒」（Cynicism）一詞的最初意義，是能拋棄家庭束縛、無視金錢與健康，而專注於實踐美德的極致表現。

澳大利亞作家阿爾奇・韋勒[6]曾經待過少年監獄，他的出道作品《狗的風光日子[7]》描述了一名剛出獄的十九歲原住民少年鬥毆、性愛、襲警、竊盜，各種惡行交織街頭生活即景，被認為有強烈的自傳色彩。攝影家森山大道總說自己活得像野犬，本能的兩面性在文明與荒野之間拉鋸著，於高反差、粗顆粒的底片上不斷刻劃《犬的記憶[8]》。活在刀口上的男人特別適合養狗，從愛犬身上，他們能夠找到從人身上絕對無法找到的忠誠。蓋・瑞奇[9]導演的《偷拐搶騙[10]》裡面，一隻黑白臉的賤狗在各種痞子混混警察和吉普賽人的人生狗屁之間，搖尾飽食，到頭來是最大贏家。

是的，人生經常充滿狗屁，而愛情，則是一條狗。

愛與忠誠共生、愛會狂吠、愛在覓食當中兇狠異常、愛會咬著你不放、愛總受限於血淋淋的先天條件，愛看起來像是一個配件，但其實愛是一條命。

電影導演亞歷安卓・岡札雷・伊納利圖[11]以《火線交錯[12]》、《靈魂的重量[13]》、《最後的美麗[14]》等色彩濃重的多線敘事風格

6 | Archie Weller　7 | Day of the Dog　8 | 犬の記憶
9 | Guy Ritchie　10 | Snatch　11 | Alejandro González Iñárritu
12 | Babel　13 | 21 Grams　14 | Biutiful

享譽國際，但是他的第一部劇情片《愛是一條狗[15]》才是西班牙語系世界文青心中獨一無二的經典，他就像所有國際名導一樣，出道作帶有一份不含商業色彩、生猛瑰麗、只屬於早期影迷的親密感。這部片當年被討論的熱烈程度，有如西語世界的《重慶森林》，但《重慶森林》輕快愉悅、青春飛揚，《愛是一條狗》卻是多少烏青多少血，老少一起悲苦交纏，痛楚直把人往死裡推。

奇妙的是，這部片從未在中國上映，但在網路上卻有個公認的譯名《愛情是狗娘》。狗娘（Bitch）又是另一個博大精深的字彙，絕非三言兩語能夠說清楚。說愛情是狗娘容易引人共鳴，但是不公平，因為，簡單地說，母狗（Buta）是狗（Perro），但是狗，不一定是母狗。

15 | Amores Perros

雷恩・葛斯林是一隻袋鼠

Ryan Gosling Is A Kangaroo

雷恩・葛斯林，只要他的名字出現在標題列，成千上萬的迷妹都會不經思索地點閱，我就是這樣。就算那個網頁或影片中實際上沒有這位男明星的存在，也能騙到好多「腦殘粉絲」的流量，我就是這樣。雷恩・葛斯林是男神，不只是因為他純真無邪的笑容、憂鬱的深邃眼眸、亮閃閃的金髮下可愛帥氣的臉孔，或是他毫不吝嗇展現的健美體格，說真的，擁有同樣條件的男星太多了，幾乎所有演過漫威[16]漫畫人物的緊身衣男星，蜘蛛人、夜魔俠、鋼鐵人，都有這樣的條件，憑甚麼這個男人的希臘悲劇氣氛能創造那麼強大的性感電波呢？

人說演員選片很重要，一位演員演了反派角色大紅之後，只能一邊歡喜、一邊硬著頭皮上街，就怕入戲太深的超市收銀員會故意多算他錢。無論演員真實的個性如何，大部分的觀眾只能基於螢幕形象拼湊，這就是為什麼選片那麼重要。縱使我們都知道電影明星只是在演戲，但隨著片量增加，一個個演過的角色會在觀眾心中建立某種「公眾人格」。

身為跟小甜甜布蘭妮、大帥哥賈斯汀一同出道的童星，葛斯林在電影事業初期的前十年，他累積了一個整齊到令人激賞的選片記錄。在他所有比較出名的、影展提名過的電影中，

16 | Marvel

他演過的每一個角色都形象契合，安靜多思，聲音低沉或是慵懶，有各種程度不同的社交疏離，那若有所思的表情，能激發任何沉不住氣的癡迷女性追問一個永遠無解的答案：「你在想甚麼？」

但光是這樣是不夠的，當編劇塑造一個神祕又安靜的角色，一定是為了讓他在故事裡崩壞，而雷恩・葛斯林成為男神的關鍵，就在於他選的重要角色，都會為了女人而發飆。在現實生活中，為女人發飆的男人並不受歡迎，他會被視為安定社會的不確定因子，無法控制自己賀爾蒙的傢伙，還會遭人看輕、恥笑、隔離，但在電影中，這樣的人卻經常當上主角，並且總是「因為女友堅持要看雷恩・葛斯林所以只好一起來看，並且從頭到尾都覺得這個男的真是有病啊，但是女友卻感動得不得了」的那種電影，《藍色情人節[17]》、《落日車神[18]》、《選戰風雲[19]》、《末路車神》，這每一部片裡面，都有他為了女人（或者說得更飄渺一點，愛情）而發飆的鏡頭，集裸露、搏命、情感傾洩於一身，在美好的電影語言下，留下讓女性影迷感動莫名的滿分演出。

重點是反差，藝術創造的反差，能滿足幻想又不傷身體。

真實的暴力是不可能美麗的，但是在電影裡就可以。一個人怎能有時可愛、有時暴烈，還是個惹人憐愛的變態呢？在電影裡面就可以。一個男人怎能上一秒長吻心愛女人，下一秒就轉身把壞人的頭踩爆，甚至還有管風琴伴奏響徹電梯間？在電影裡面就可以。

17 | Blue Valentine

18 | Drive

19 | The Ides of March

雷恩・葛斯林如果是一種動物，他就會是袋鼠，一隻高大健美的雄性大袋鼠。

如果習慣了卡通袋鼠，很容易忽略真正的袋鼠有多高大壯碩，如果一直看著袋鼠長長的臉上，那似笑非笑的無辜表情，就很快會忘記一隻大袋鼠的力量，足以一拳把人打昏，看來袋鼠也提供了效果十足的反差想像。

成年大袋鼠身高可達兩公尺，體重超過六十公斤，袋類動物的寶寶都是發育不全就出生的早產兒，因此牠們才會有袋子，袋鼠寶寶（有一個專屬的名稱：joey）出生時只有大約一公分半長度，體重不足一克，非常脆弱，簡直就還是個胚胎。牠會立馬鑽進媽媽袋內，以東部灰大袋鼠為例，袋內有四個奶頭，每個奶頭提供不同配方、不同脂肪比的母奶，袋內最多可容納兩隻寶寶。因為有袋，牠們經常直立，牠的前腳很短，幾乎可以稱作「手」，這讓牠們體態接近人類，於是自然地我們對袋鼠便有了許多擬人化想像，比方說幫牠戴上拳擊手套。拳擊袋鼠就是澳大利亞的非正式國徽，圖案是一隻帶著拳擊手套、精力充沛的大袋鼠，二戰時澳大利亞的空軍和亞洲駐軍，甚至是足球國家隊都用過這個標誌代表國家。

一個重要的問題就是：袋鼠真的會打拳擊嗎？牠會。

拳打腳踢是袋鼠本能的防衛動作，牠還跳得飛快，後腿上有幾條強健的肌腱，以跳躍為移動方式的動物中，袋鼠是體型最大的。那袋鼠何時對打呢？牠們是草食動物，無需捕獵爭奪，雖然塊頭大，一般說來脾氣不壞。但是，只要一到了戀愛季節，公袋鼠便會不顧一切地跟競爭者大打出手，不為爭奪地盤、不為搶奪糧草、不為玩樂、不為發洩過度精力，牠們只為愛情而戰，為了心愛的家人而戰，為了下一代可愛的寶寶而戰，就像雷恩・葛斯林的標準角色那樣。

在YouTube頻道搜索「Kangaroo」和「Boxing」，你會看到好多袋鼠拳擊的影片，有些是兩隻袋鼠之間的決鬥（為了爭奪母袋鼠，當然），還有一些是舊的電視節目，在動物保育知識不普及的時代，袋鼠似乎是澳洲電視節目的常客，諧星與袋鼠在拳擊場上準備對戰，結果自信滿滿的諧星反被袋鼠愚弄、恥笑、或打個七葷八素，這樣的橋段很多。成年袋鼠跟成年男人的身高體重接近，當牠直立起來搭在人身上，就像兩個男人勾肩搭背，雖然這個世界上的動物表演大多都必須扭曲動物本性，但袋鼠的例子似乎不一樣，不像猴子在舞台上騎三輪車、或是獅子老虎跳火圈，表演拳擊的袋鼠只需要做牠自己，真要挑出一點毛病，我會說製片搞錯了項目，袋鼠的大絕招，是先用雙手箝制對方，再用雙腳猛踢，此招不適用於拳擊（Boxing）場上，比較接近泰拳（Muay Thai）。

雷恩・葛斯林是一隻袋鼠，這個論點也得到他本人來自遠方的支持，亟欲嘗試各種創新挑戰的他，千挑萬選推出的最新作品《唯神能恕[20]》，恰恰好就是一部泰拳電影。

在這部片裡，男神與《落日車神》的原班人馬合流，以泰拳為基調，再次創造一個暴力唯美的故事，儘管跟《落日車神》一樣，有著同樣美麗到不可思議的攝影和音樂，但它

20 | Only God Forgives

終究是一部限制級的藝術片，一部關於黑幫地下社會的邪典片（Cult Movie），以暴力為形的電影表達方式，註定要承受激烈的批判，和疲軟的票房表現。在不久前五月的坎城影展首映上，本片遭到許多與會影人離席和噓聲對待，其後此片在爛番茄的評分曾一路降到百分之十八，是影史上少見的惡劣景況。

男神救不了票房毒藥、就像美麗不足以消化暴力，但是《唯神能恕》的泰文主題曲，泰國獨立樂團「P. R. O. U. D.」演唱的〈你是一個夢[21]〉，確實有止痛作用，單純樂器編制、大量的留白，那如泣如訴的清潔嗓音，似乎傷口骨折都能被他唱好，適合為愛戰鬥不休的公袋鼠們，在舔舐戰鬥傷疤時，想起心愛的臉龐，臉上浮現一絲微笑時聽。

在坎城被噓的電影，其中很多後來被追封為經典，但前衛的藝術家在當代總是寂寞的，《唯神能恕》不太可能得到普羅大眾的廣泛認同，但這樣一部貫徹理念的作品，必定成為硬派影迷的心頭最愛，往後這些硬派影迷見面時，應該會這樣問候彼此：「要打嗎？」（Wanna Fight?）

21 | Ter Keu Kwarm Fun

IX

長春動植物公園

滿洲的春天

Changchun Zoo and Botanical Garden

The Manchurian Spring

一名曾在長春念書四年的女孩跟我說：「你去長春應該很失望，長春根本沒有動物園。」

我十分驚訝：「明明就有啊！而且，長春動植物公園還曾經是亞洲第一的動物園呢！」

每次想起長春，我就想起偽滿皇宮裡的溥儀，當然，浮現在我腦中的是演員尊龍的俊臉，溥儀本尊的臉孔，對我來說總是很模糊。

這篇專欄文章在二〇一三年十二月二日首次刊出。正巧一百零五年前的同一天，三歲的愛新覺羅・溥儀在北京紫禁城的太和殿上登基，那一日，天氣奇冷，溥儀驚嚇大哭，跪在寶座下方的父親安慰他說：「別哭啊，快完了。」這個時候，北京的有錢漢人正在煙花巷內大肆慶祝慈禧太后的死訊。那時的清朝確實快要完了，在溥儀登基後的第三年，辛亥革命爆發，中國改制民主共和，宣告了封建帝制的終結。但是現在回頭看來，即使建立了民主體制，那些心懷野心的王侯軍閥，對於帝位的癡心妄想卻從來沒有完了。

溥儀跟袁世凱那種普通人想當皇帝的心當然不同，溥儀身上流著祖先偉大的皇族血液，他在皇宮紫禁城出生、還一直住到十八歲，他甚至穿過三年的龍袍，如果帝制要恢復，有誰會比他更有資格呢？在紛擾不休的共和之初，溥儀太想當回皇帝，他可說是中國史上退位又上位最多次的皇帝了，一九一七年在北洋軍閥張勳的支持下，他第一次復辟，只撐了十二天，但他還不氣餒。

溥儀第三次登基，是在他那威盛祖先發跡的滿州，一方孤寂而荒涼土堆上，灰色無神的天空襯著喇嘛法帽的尖凸，婉容皇后愁容滿面，滿族大臣與日本軍官各懷鬼胎，在北風吹襲中「滿洲國」成立了，一旁的成群駱駝都一一地歡呼下跪了。

滿州是中國「東北」的舊稱，範圍跟今日的省界當然有差，但最大的差別還是在於「滿洲」這個名稱傳達著太多沉痛的歷史包袱，一九三一年，日本軍佔領東北南部，此時溥儀正好被趕出紫禁城，於是日軍將他迎接到東北，成立了「滿洲國」，此一傀儡政權不被國際承認，後皆稱「（偽）滿洲國」。一九六二年美國有一本反共的政治陰謀小說名為《滿洲候選人[1]》，從此這個詞便成為美國政治詞彙，意思是「傀儡」、「受人操縱」、「被洗腦」的政客。

電影《末代皇帝[2]》在一九八八年入圍九項奧斯卡金像獎，九項全中。要是我對「滿洲國」有那麼一點浪漫的想像，都是因為導演貝托魯奇[3]把電影拍得那樣深刻入骨、太美了。尊龍、陳冲優雅到冒泡，坂本龍一西體東用的配樂完美流洩（他還順便出演了株式會社滿洲映畫協會的理事長甘粕正彥），這麼好看的電影，我看了便情願中招，將我氾濫的同情心投入溥儀人生的悲劇性當中，貝托魯奇使用了不合實情的電影語言、混搭杜撰的服飾化妝和過度美麗的男女主角，並且讓片中所有漢滿日人都講英語，即使在這些所有虛構的不正確之下，這部電影還是一部無懈可擊、感人至深的大片。

在電影場景中，（偽）滿洲國宮殿內，無論是鴉片煙霧瀰漫的皇后臥室，或是靜默無語只聽見刀叉碰盤聲的長型餐桌上，陽光總是陰鬱的灰藍色，實際上在緯度那麼高的東北，陽光真的很斜，有時候看上去白熾耀眼，但灑在身上連內衣都晒不乾，真是不到北方，不會知道甚麼叫做「冷太陽」。在這樣的冷太陽之下，卻是日本和蘇俄兩個軍國主義國家都想要的滿州，溥儀在電影中神氣地說：「滿洲是最

1 | Manchurian Candidate

2 | The Last Emperor

3 | Bernardo Bertolucci

富饒的邊境，煤、鐵、鐵路！」滿洲除了重工業原料，還有大、小興安嶺、長白山上豐富的農林資源，融冰之後的松嫩平原上，春麥、大豆、馬鈴薯等豐富的糧食生長著，在這塊北方富土的正中央，是滿州國首都新京，南滿鐵路的起點，也就是今天的吉林省長春市。二十世紀初日本人蠶食鯨吞佔領東北的起點，便是購入「滿鐵長春附屬地」為起點，參考了巴黎、英國和美國的都市計劃理念，以長春站前廣場為中心，開發放射性道路網路，建立田園都市，這些在當時最有前瞻性的現代化都市配置，很多一直留用到今天，其中長春動植物公園的前身——新京動植物園——也是當時大規模綠化工程的重要成績。

長春動植物公園位於長春站前的人民大道上，距離市中心的人民廣場只有三公里，門票三十元人民幣，從寬闊筆直的人民大道往西走一條街，沿街的民宅在熱漲冷縮下裂痕多到怵目驚心，所有的招牌都褪了顏色，包括那些延邊朝鮮族特色餐廳「狗肉鍋」的紅底招牌，只有特種會所的招牌永遠嶄新，因為那都是用五顏六色的小燈泡組成的，通電之後就閃亮亮。雖只一牆之隔，但一走進長春動植物公園，即刻便被純淨的綠意包圍，一棵修剪成大象形狀的綠樹正在對我微笑，潮濕泥土與植物的呼吸瞬間洗去了外面大街上所有令人沮喪的煙塵。

長春動植物公園最早在偽滿時期由日本人規劃建設，花了兩年多的時間，建造了這個在當時號稱「亞洲第一」的「新京動植物園」。它佔地極大，面積是東京上野動物園的二十倍，園內有自然河流行經、開園初期便有兩隻獅子、十隻東北虎、銀狐一百五十隻、大批水鳥鳴禽為水邊增添美好景色，還有台灣獼猴、梅花鹿等從「別的殖民地」輸入的動物。依照《大新京都市計劃》中的都市綠化政策，當時

的長春是一片綠海，一九四二年時，達到人均綠地兩千兩百七十二平方公尺，超過美國華盛頓一倍，有日本大城市的五倍，是世界第一，人稱「北國春城」的長春當之無愧。

太平洋戰爭爆發，美軍空襲壓境時，不只是在日本境內下令所有動物園格殺猛獸，連新京的獅子老虎也沒逃過一劫，除了猛獸之外，其餘的動物也在戰亂中散失死亡，到了日軍投降，國民軍接收動植物園時，將此地草木砍伐一空，用作練兵場，到處都是戰壕與工事，而到了敗退之際，這個曾經的亞洲第一動物園內，一隻動物也不剩，滿目瘡痍，還埋了不少炸藥和地雷留給即將接收此地的解放軍，那是一九四八年。

破壞只需要短短的時間，但把地雷和未爆彈清除、再把樹木種回去卻需要幾十年。一九六〇年，首先「植物園」終於恢復了，共種下三千一百一十七株樹木，其中從長白山引進的美人松和君子蘭是新植物園的主角，期間還曾有五百頭鹿在此園內放養，後來隨著收編的動物越來越多，才改為圈養。說到圈養，整個東北到處都有虎園，長春除了動物園之外，還有一個吉林東北虎園，村上春樹在《邊境・近境[4]》中提到在長春抱小老虎拍照的地方就是虎園，小老虎雖小，卻牙爪俱全、皮肉緊實，中國人對於這種很驚險的狀況總是會說：「沒問題！沒問題！」但從照片上看來，村上先生還是緊張到不行。而在長春動植物公園的猛獸區有新建的高台步道，讓人居高臨下觀賞老虎和黑熊過著俏皮的家居生活，走道盡頭還有圓形廣場讓人與老虎隔著強化玻璃同高對望，巨大的成虎端坐在柔軟厚實的草木上，不一會便

4｜辺境・近境

像隻貓一般地呼呼睡去。無論獅虎熊豹，在長期的圈養之下都會失去野性，即便是剽悍的東北品種也是一樣，牠會忘記獵食的技巧、生存的本能，牠會習慣住在固定供食的圍欄內，就像得到天下的滿州人，住在皇宮裡逐漸失去驍勇善戰的天分一樣。

在今天這樣的日子裡，搭乘火車到達長春站，那巨大又陰暗的車站，每天平均有一百二十三列火車停靠，五萬人次進入，達到飽和的站內像吃壞肚子的魔王胃袋，看不清方向，還有一股怪味，連接車站南北廣場的地下通道足足有一公里長，沒有電扶梯，所有人的行李都在階梯上乒乓作響，這個火車站舊了，但它一點也不老，真正的老火車站在一九九二年被以爆破方式拆除，但短短二十年後，這個現代化車站又快要不敷使用了。

走出站南，廣場上是煙塵無際，你看得見馬路對面的大和旅館舊址、也知道滿鐵圖書室古蹟樓就在八百公尺外的不遠處，但在這個放射狀馬路的圓心你找不到穿越的號誌，在從八個方向同時切入的汽機車、鐵皮車、三輪腳踏車之間，你也沒有膽量踏出一步，想招呼計程車，但是放眼望去一台也沒有，他們都在路上疾駛急停，不分時段都會要求乘客併車好多賺幾塊錢，三五個剛下車的農民工，將扁擔和棉被一擱，直接坐上泥地抽起最便宜的香菸，以東廣場為起點的亞泰大街，正為了新地鐵線的建設，全面封路，兩台公車那麼長的鋼筋和滿地吊臂佔滿所有的人行車行空間，灰泥在大雨中形成滾滾黃沙淹沒路人的腳踝。再往東去，在磚石、廢土等層層堆疊包圍的宮牆之後，溥儀曾居的「偽皇宮」現已改成博物院，這是長春最著名的觀光景點，每天早晚一輛輛遊覽車將遊客駛入載出。

似乎長久以來，「破壞、建設、再破壞、再建設」的忙碌，就是長春的宿命，就連最美好的綠肺——動植物公園也總逃不過命運的追趕，但當滿州的春天再來，蒙塵的地面又再度長出草木，長春人就在這個地方，一次又一次地，把家園再次建起。

地球上只有一個地方能讓信鴿滿意

There's One Place in the World That Can Satisfy A Homing Pigeon

> 海明威曾在一九五四年的《The Paris Review》雜誌訪談說：
> 一個優秀作家是不會去描寫的。他進行創造，或者根據他親身瞭解和非親身瞭解的經驗進行虛構，有時候他似乎具備無法解釋的知識，這可能來自已經忘卻的種族或家庭的經驗。誰去教會信鴿那樣飛的？一頭鬥牛的勇氣從何而來？一條獵狗的嗅覺又從何而來？

《信鴿花脖子[5]》又名《穿越喜馬拉雅山的信鴿》，是一九二八年紐伯瑞獎得主。背景在一戰期間的印度，小孩子都想養鴿致富，主角花脖子簡直是鴿版「美國隊長」，憑著過人天份、毅力和榮譽心，成為智勇雙全，能夠翻越喜馬拉雅山的好軍鴿。

白鴿的意境與和平相連，而信鴿則常有「反法西斯」戰士的美好形象，在發報器材損壞、電碼被攔截被破解、情報員被敵人擺平、兵臨城下彈盡援絕的時候，人類只能把性命交給信鴿。信鴿——無論有軍籍與否——與賽鴿一同被歸類成「要回家的鴿子」（Homing Pigeon），英國皇家軍鴿隊即為「Royal Homing Pigeon Services」。英軍是運用軍鴿最成功的部隊，甚至在二戰後期連美軍都要跟英軍借用大批軍鴿。迪士尼動畫片《戰鴿快飛[6]》中，眾英勇戰士走進酒吧，一開口果然是正

5 | Gay Neck: The Story of a Pigeon
6 | Valiant

氣凜然的英國腔，而「壞鴿」角色也非常稱職地穿戴好黑披風、獨眼罩和德國腔英語出場。

在鴿子小小的腦袋裡，送信、送顯微膠卷、背攝影機或是比賽、軸心國或是同盟國等等，應該差別不大。正如海明威所言，沒有誰教過信鴿該怎麼飛，對信鴿來說，牠想要的只是回家，朝著牠出生地鴿舍那扇開啟的小門，如一發閃電似地飆送入庫。

鴿子有歸巢的天性，但是否能找對方向，是否能快速達陣，則各鴿高下不同，養鴿人有如培訓奧運國手的教練，身負重任，從挑選配種到養育培訓，長期投注時間與關懷，只為精益求精，百年樹人。在飛鴿孤獨的航道上，唯一真心掛念鴿隻安危的守護者只有養鴿人，但偶爾、偶爾的機會裡，養鴿人身邊，還會站著一名好奇不已的作家。

歐尼斯特・湯普森・西頓[7]是與童軍體系源起密切相關的博物學家和探險家，也是原住民文化運動和動物小說的先驅之一。西頓的第一本知名作品是《我所知道的野生動物[8]》，他那在動物行為中投射人文感情詮釋的寫作風格，曾使他被捲入一番理性與感性的文學論戰，但也因此讓許多政治人物開始跨足環保議題，他甚至還跟老羅斯福總統當了朋友，無論如何，西頓以小說形式寫成的動物傳記，在沒有國家地理頻道、黑人沒有投票權、動物園裡還有馬戲表演的一八九八年，提供了一種少見的、平視動物生活的正直角度。

以西頓《動物英雄[9]》的第一個故事〈阿諾克斯——一隻信鴿的編年史〉為例：

7 | Ernest Thompson Seton

8 | Wild Animals I Have Known

9 | Animal Heroes

現在除了一種本能外，牠（阿諾克斯）的全部感官都被切斷了，而牠唯一能夠依靠的也正是這種本性。牠體內的這種本性是很強的，而且沒有受到那種要命的、統治全身的恐懼心理所妨礙。現在阿諾克斯的飛行如同指南針一般準確，沒有任何猶豫，也沒有任何遲疑，離開船員還不到一分鐘，牠已經向一束光似的朝著牠出生的鴿房迅速飛去，朝那個地球上唯一能夠使牠滿意的地方飛去。

阿諾克斯在還沒正式出道前就在訓練中遇到船難，在此一戰成名，日後牠所有的豐功偉業都一一被標記在翅膀上，但阿諾克斯終其一生拚命飛翔的目的都只有一個：就是回家抱老婆——牠獨一無二的愛。根據生物資料，鴿子確實是一夫一妻制的專情動物，但也有例外——阿諾克斯的愛妻就是例外，女士經常在牠外出征戰的時候跟隔壁那隻大塊頭公鴿調情，這似乎是自古以來常發生在忠臣義士身上的男子漢式悲愴。

「信鴿」從來不是一個物種，牠們是經過人為訓練篩選之後，系統化使用的原鴿[10]。我曾寫過一隻信鴿的故事，沉默寡言的牠在新宿歌舞伎町上空來回飛行，在素行惡劣的烏鴉群中生存，信鴿雖無駕馭牠者的權勢，但擁有一份專業（送信）至少能讓牠活得很酷很孤高。

優秀信鴿的故事總會帶點悲壯的色彩，因為信鴿是一份很難全身而退的職業，一種注定鞠躬盡瘁的命運，也是一份伴隨本性與天分而來的負荷。

10 | Columba livia

X

哈爾濱北方森林動物園

大象出差了

Harbin Zoo

The Elephant on a Business Trip

一隻小象有生以來第一次來到海邊，高興得往浪裡奔去，任由水花濺濕牠生來乾燥的皮膚，下垂的鼻子浸泡在水中，有一點鹹味，牠不明白，只是沒來由地開心，開心地想要大叫，這真是太好玩了，海水。

小象第一次看見海的影片在網路上被瘋狂轉載，點閱人次破百萬，誰看了這小象，眼睛都會變成愛心的形狀。小象年紀雖小，體重卻已經接近一台小轎車，腳掌在沙灘上留下深深的凹痕（牠是非洲象，前腳是三趾）。看見龐然大物展現童稚之心，或當虎豹猛獸露出溫柔的一面，如此對比暫時了安慰了我們對人性的失望，但那份安詳看上去如此脆弱，經常觸動某些感傷神經，比方說我的神經、又比方說那瘋魔到無藥可救的詩人顧城的神經：

釣魚要注意河水上漲

水沒了

你的包漂在船上

你還小　沒想到晚景淒涼

——節錄自〈太平湖〉

我在早上十點鐘走過擁擠的哈爾濱站前廣場。東南面的海關街上，巴士沿著站台緊密停靠，怠速廢氣逐漸讓人陷入暈眩，我搭上那台掛著「動物園」字樣的中型巴士，在這樣飄著柔絲細雨的週五早晨，巴士上四十多個座位居然已經快要滿座。作為一班前往動物園的專車，車上的小孩算是少的，客席的主體是十幾位精神飽滿的老太太，戴著淺色太陽眼鏡與防晒軟帽，談笑大度、聲音洪亮，原來是北京來的老知青。我坐定之後又等了一刻鐘，旁邊抱小孩的女士開始抱怨從上車到現在已經過了半小時，說是不坐滿不能發車，現在還有兩個空位沒人。

最後上車的是一對情侶，雖然不太願意被分開，情侶中的男孩只能坐上了最後一排正中央不太舒服的位置，司機開始賣票，來回二十元人民幣，不能買單程嗎？

「到了那兒其他甚麼車也沒有，你還是得搭這台車回來的。」司機說。

現在的「哈爾濱動物園」其實正式名稱為「北方森林動物園」，而且它也不在哈爾濱，而在距離哈爾濱市區四十公里的阿城縣裡一個名叫鴿子洞的山區，雖然如此，它還是有傳承哈爾濱老動物園的意味，有四十六年歷史的哈爾濱動物園（簡稱「哈動」）在二〇〇三年閉園，土地劃給哈爾濱工業大學，預備打造成為引領經濟發展的科技園區，原本哈動的動物則分批寄居到全國各地，直到新園落成，新園的建設耗費了一筆鉅資，除了打造現代化硬體之外，最花錢的還是動物本身，園方特地大肆採購了一番，當時中國新聞網曾有此報導：

哈爾濱野生動物園透露動物價格：大象六十萬犀牛五十萬

據介紹，野生動物園此次計劃購進兩百九十六種九千四百五十九頭（只）新動物……該動物園一期選購的動物主要為獵豹、雪豹、斑馬等……

新園「北方森林動物園」在二〇〇四年盛大開幕，門票從一九五四年的兩毛錢變成現在的全票八十元人民幣（淡季及網路優惠七十元，優待票半價）。北方森林動物園的簡介是這樣的：

……佔地八點四八平方公里，是國內佔地面積最大的森林動物園。園區地貌屬於低山丘陵，生態環境優良，植被豐富，森林覆蓋率達百分之九十五以上，是天然「大氧吧」。

專車從火車站發車，在人車交雜、高低架交錯的環路上堵塞了一陣，終於爬上國道三〇一收費道路，聚積在天邊的雲越來越沉，幾乎要觸到地平線，即使高速行駛也要一小時的車程令人昏沉，在我睡去的前一刻，眼角瞟見那對情侶在瞌睡中逐漸鬆脫的雙手，心想如果這是一部驚悚片的話，那麼這台車其實不是帶我們去觀賞遊玩，而是帶去切割成塊、餵養給東北虎。那裡的東北虎知道人肉是甚麼味道：二〇〇八年四月五日，清掃工人在虎欄裡發現骸骨和衣物，經查證屬於三十九歲的當地居民張某，園方同意賠償家屬六萬元，後來又殺價打折成三萬元，因為動物園的責任是「看好老虎，而不是看好人」，而張某患有精神分裂症、事發當天他自行翻越了半米高的電網入內。

這件事想得我眼皮直跳，終於車轉下交流道，彎進山的股溝之間，看到草木修剪而成的「北方森林動物園」標示，以及一個空蕩的大型停車場，此時大雨正式落下，毫不含糊地把所有人的鞋襪打濕，頂著雨傘奔入停車場旁的遊客服務中心，在微弱的天光下看得出來屋角的壁癌十分活躍，網路訂票和現場買票都在同一個櫃檯，總共就只有那一個櫃檯。

買了票，步行經過停車場，到了前門圓環，乘上遊園電動車，沒有遮蔽的小車上，軟墊座椅已經全濕，只好將雨衣鋪上，小車行駛在

水泥車道上，車道將人工湖圈起，而四周山巒又將車道環抱，與其說是動物園，這裡更像一個度假農莊，藏在路燈後放送罐頭音樂的擴音器，更強化了這樣的印象。

不能說動物在不標準的動物園裡就不快樂，至少在那片濕潤草坪上混養散放的長頸鹿、羊駝、斑馬和山羊看起非常自在，那三隻長頸鹿是從非洲「引進」（就是買來的意思）的，其中個頭最高的雄性長頸鹿正值頑皮的青春期，令管理員頭痛不已，牠不但愛上了一隻班馬，還會憑藉身高優勢「霸凌」同學，雨越下越大，牠把同住的室友全都趕到茅草亭下，自己霸佔著跟管理員大叔玩兒的機會，管理員一口東北腔地說牠：「二流子」（地痞流氓）。但牠卻做出「呀比，我超可愛」的表情。

時間不早了，還是趕緊去見大象。

東北城市在我印象裡，總是遲子建筆下的《白雪烏鴉》、「白山黑水」，是電影《鋼的琴》裡的高反差魔幻、脫色磚牆、冷卻煙囪與生鏽的機床，是在結凍的松花江上行車的冰雪之城是端坐碳火炕上享用俄羅斯大列巴麵包和紅腸。哈爾濱的氣溫變化激烈，每月均溫能相差十度，漫長的冬天時有暴雪，一月低溫下探零下三十度，到了四月地上長不出草葉，亞洲象在冰雪之城哈爾濱生活，可能嗎？

現存的非洲象與亞洲象都是「現代象[1]」，這個詞用來與絕種的猛瑪象區別，好像有某種哲學氛圍。現代象有三種，其中非洲象兩種而亞洲象有一種，牠們都來自溫暖的地區，乾燥的皮膚都禁不住寒冷，北方的動物園都為大象建造了專屬的暖氣室，整個冬天便待在室內，但大象同時也很需要行走（成年亞洲象一天需行走十到二十公里，

1 | Modern elephant

非洲象則須更多）、洗澡、玩泥巴和群體生活，所以簡單地說，在高緯度地方生活的大象不會健康。似乎在不可能的地點飼養不可能的動物，是「人定勝天」挑戰者的重要工作項目，哈爾濱老動物園的明星「濱濱」就是中國第一隻在高寒地帶出生的亞洲象。濱濱的爸媽都來自炎熱的緬甸，二象是姊弟戀，相差一歲，在一九九二年八月一日下午交配兩次以後懷孕，懷孕期間六百三十六天，最後順利產下濱濱，一九九四年四月二十九日，金牛座。

濱濱從小就被訓練成為表演明星，在動物園內表演雜技如前腳走路、踩點過橋、或是更嚴苛的單腳站立，牠在十三歲時體重已經超過四噸，牠的體重越重，表演時身體的負擔越重，在動物園搬遷期間，牠曾經到南方四處巡演，以減緩牠風濕的症狀，當牠到了西安時，欣喜的民眾還舉辦了三十人與大象濱濱的拔河比賽，濱濱輕鬆地獲勝了，但當時牠的右後腳已經開始韌帶鬆弛。關心牠的愛好者曾到動物園了解狀況並在網上發布消息，說那時的濱濱就像一個沮喪的退休運動員，帶著傷腳，以小範圍散步和節食度日，園方說象不願意做的事情，誰也勉強不了，牠不願走進藥池，也不肯吃藥。

六月，即使是東北的山坡也都掛滿濃郁綠意，在雨中滋潤著，我從鳥園的嘰嘰喳喳中逃脫，跳上遊園車，跟開車的大姐說：「去大象館。」

大姐不發一語地發動車子，單手握盤輕輕鬆鬆將我帶到定點，說：「大象生病了，你看河馬吧！」

我不太清楚「有河馬」跟「沒有大象」之間有甚麼樣的替代關

係，但總之我先去看了河馬，河馬館內處處聽得到滴水聲、看得到滲漏的黑顏色，河馬君用屁股對著我，牠的心情不是很好，但恕我無法久留，因為那間房子裡的霉味實在驚人。

我坐在一處室外販賣點看著空蕩蕩的象欄，象欄前方有一尊塑膠假象，搭配了同比例的塑膠芭蕉樹，我太餓了，於是買了一碗泡麵，賣東西的阿姨殷勤地為我擦去塑膠桌椅上的雨水，拿著熱水瓶往我的泡麵裡倒水，工作人員對於單獨前往的客人總是有點戒心，因為這種人不是督察就是保育人士，但幸好我兩者都不是，只是個笑咪咪的南方女人，我問道：「阿姨，知道大象去哪了嗎？」

阿姨笑咪咪地說：「大象出差了。」

她的臉被太陽晒得紅通通的。

我明白要治療大象並不容易，大型動物的疾病就像流沙，緩慢卻令人無力。我一直都沒有見過大象濱濱，牠的父母和另一隻象「許門良」早已不知去向，那一天我在象欄外面等泡麵好，那時我還不知道，大象正在死去。

關於哈爾濱，還有一件小事。

前往哈爾濱的前一天晚上，在飯店裡隨便亂轉電視台，那麼剛好地轉到一部在哈爾濱拍攝的電影《千鈞・一髮》，片子是彩色的、但是城市卻給不了多少色彩，那些完全光禿禿的樹枝、半拆半倒的兩層樓木屋、一個個從頸子覆蓋到腳踝的藏藍色軍警大衣、北大荒式的大皮帽、終年雨雪腐鏽下的屋簷、漏水都結成冰柱的簡陋廚房、藏在煙囪死角中的炸彈⋯⋯那是一個如農工生活般單純直白的故事，隨時像要被積雪壓垮的木造猶太人老社區裡發現了土製炸彈，一個潦倒的警察老魚被趕鴨子上架，用他在軍中學到的有限知識，赤手空拳地拆除了一個接一個，總共十一個，沒有技術支援、沒有防護衣、沒有意外保險，他唯一得到的特權是去金碧輝煌的會所泡了個熱水澡、看了場二人轉（東北相聲，很黃很刺激）、並且拜託長官萬一如何如何，請給他老婆安排一份工作。演出《千鈞・一髮》主角的不是專業演員，而是哈爾濱道外分局靖宇派出所副所長馬國偉，他還得了上海電影節的最佳男主角獎，導演是高群書（他比較有名的作品是《風聲》、微博ID是「他回精神病院了」）。

我很喜歡《千鈞・一髮》這部電影，它就像其他優秀的北方作品一樣，倔強地往苦寒人生中注入暖流，當電影播畢，我正要關上電視，窗外流過一道閃光，整棟樓房即刻斷電，拿起電話聽不到撥號音、走進浴室發現水流微弱，很快就會停水，從眼洞望出去，走廊上一片漆黑，連緊急照明都熄滅了。我看一下手機，電力還足，時間接近凌晨四點，我拉開遮光簾，把窗戶打開，北方夏天日出得早，晨曦的冷色調已經照亮了房舍屋頂的輪廓，那些暗著的窗戶裡的人是否還在安睡呢？

一旦確信太陽依舊還會升起，我便放下一切先睡去了先。

事後我看到網友傳話，在那之後不久，濱濱過世了。而又過了幾個月，十月十八日，三隻生病的大象坐在貨櫃車裡穿越美加邊境，前往溫暖的加州，牠們原本住在多倫多動物園，在多年爭議與園方資金壓力下，多倫多市政府決議將大象遷徙至南方。加拿大跟哈爾濱差不多寒冷，曾經在濱濱出生前後提供在寒冷地區飼養大象的技術支援，但無論飼養技術再怎麼發達，大象不應該活在北方受凍，就像北極熊到了熱帶鐵定不快活。

但是，沒有大象的動物園，會有人想去嗎？

大象與城堡

The Elephant and The Castle

那天我寫了一封信（電郵，當然）：

媽媽：

為什麼象徵主義的象是大象的象？

按下寄出鍵後，我看著寄件備份，這幾行字就像是某個有點古怪的小孩，在床邊故事結束之後，為了爭取多一點點不睡覺的時間，從紫色的《小飛象》棉被下探出頭來，問了一個這樣直白又好像還有其他一點什麼的問題。

《看不見的城市[2]》卷首，韃靼皇帝正在想：

有一種空虛的感覺，在夜間朝我們欺身而上，帶著雨後大象的氣味⋯⋯

誰不是經常在心中掛念大象呢？「大象與城堡」是倫敦市區一個奇妙的地名，比起那些一看便知是貴族姓氏或是騎士屬地的貴氣名稱，「大象與城堡」不但具體，還很親民。大象和城堡之間的共同點，可能就是他們象徵著恆久的存在感與崇高地位，同時又存在著虛幻和浮誇的可能性。

大象與城堡發跡得很早，在倫敦大轟炸期間保護了許多人的性命，有博物館藏照片為證，很久以前這裡就是交通樞紐，

2 | Le città invisibili

一九六〇年代，世界上第一座室內購物中心在此落成，一隻帶著異國風情帽飾的緋紅色大象，居高臨下俯瞰著整個商場和街區。一九七四年，一組理想主義者建築師，以「整個社區是一個大家庭」的烏托邦式理念，在這裡建造了世界最早的大型集合式國宅「黑門社區[3]」，起初這裡的空間和陽光很吸引人，但不久之後黑門連同周邊幾處國宅區域就變成了罪犯與毒滋生繁殖的封閉城堡，在這裡養育孩子的母親終日提心吊膽，屋況以驚人的速度崩壞，都市衰退（urban decay）寫實呈現的程度，讓許多電影製片人愛不釋手，甚至連瑪丹娜的MV〈Hung Up〉也在此取景。

二十一世紀，纏繞在城堡地下的過道依舊終日陰暗，每天有數萬人次在此匆匆路過，指標性大型舞廳「Ministry of Sound」（簡稱M.O.S.）讓時髦人士還能勉強記住這個不上流的地名，曾經的歐洲第一商場被《Time Out》雜誌讀者評選為全倫敦「最傷眼睛的建築」，黑門這個四十年歷史的「巨型家庭」，經歷多次政策性清掃和重整計劃，當局決定整組重來，於是開展了居民——包括許多常住倫敦卻沒有正式身分的移民——撤出與安置的漫長工作。倫敦傳播學院[4]就位於大象圓環不遠處，這裡的十一位新聞所和攝影學生長期記錄集結成為《社區：大象與城堡[5]》攝影集，捕捉了此刻大象與城堡日常點滴與到處可見的歲月風霜，說盡這個混凝土怪物腳下的瑣碎、瘋狂、罪惡與詩意，那隻緋紅色的大象是唯一堅忍不拔的事物，靜靜地看著城堡興衰。

3 | Heygate Estate

4 | London College of Communication

5 | Community: The Elephant & Castle

雖然每隻象都是獨一無二的，但世界上大部分的象色都不外乎是灰階色譜，患有白化症的白色大象是唯一的例外。白象極度稀有、美麗，是重量級的尊貴重擔。聽說在古代，當泰國國王遇到政敵，或是討厭某個大臣時，便會送他一隻白象，表面上看來，這是天大的恩寵，其實則是在你家中埋下毀滅的種子。雖知大難臨頭，但不得已只好收下這貴重禮物的人，只能苦情地謝恩跪安，然後任由嬌貴又胃口大開的白象，默默吃垮自己的家業。「白象」一詞在英語中也有類似的用法，有此一說：最早使用「White Elephant」這種比喻是紐約巨人隊[6]經理約翰・麥格勞[7]，在一九〇二年形容費城商人收購的運動家隊[8]是一支賠錢貨。

海明威的名作〈白象般的群山[9]〉，篇幅極短，場景迷濛，有如在霧中窺象，隨便一篇分析評論的字數都超過本文。此篇初次問世，收錄於戰間期（亦即一、二次世界大戰期間的一九一九至一九三九年）出版的《沒有女人的男人[10]》短篇集中。學者專家總是說：

> 在這個大部分由對話組成，場景描述極少的短篇裡，海明威使用高超的象徵手法，透過模糊面孔之間的對話表述了戰時人們的精神狀態以及對戰爭的反感，依照研究推測，那個男人一直在勸說女孩的手術是墮胎手術，而「白象」指涉的是大無當的戰爭。

很多年過去了，〈白象般的群山〉已經被重新校譯、重

6 | New York Giants　7 | John McGraw

8 | Philadelphia Athletics　9 | Hills Like White Elephants

10 | Men Without Women

新出版不知道多少次了，那些苦口婆心的評析，我還是充耳不聞，我不相信海明威會設定任何標準答案，我不相信男女之間就那麼一件事能爭辯，我不願把白象想簡單了，也不願把海明威想簡單了，假使真的要講戰爭，他就不會假裝談論白象。經這麼一辯證，我才發現，跟那些評論者不同的是，我並沒有坐在景片之外觀看火車站中的男人和女孩，我一直都坐在窗邊，就坐在那個女孩的位置上，隨著火車的搖晃，啤酒都喝完了，我還直盯著白象似的群山，看得出神。

我眺望著象，象也凝視著我，此時無聲勝有聲。

白鯨，毀滅還是重生

The White Whale: Destroy or Reborn

「叫我以實馬利。」（Call me Ishmael.）

赫爾曼・梅爾維爾[11]所寫的《白鯨記[12]》全書一百三十五章，長達七百多頁，這本重量級大敘事開篇第一句，卻是美國文學史上最簡短、影響最深遠的開場白。

水手以實馬利已經見過夠多場面，他對事物有明確的見解：「寧願跟一個清醒的食人土著同床共枕，也不要跟一個酗酒的基督徒交往。」《白鯨記》由他的視角展開一場漫長的航行。

亞哈是捕鯨船船長，白色抹香鯨「莫比敵[13]」是亞哈船長不共戴天的死敵，這隻神出鬼沒的鯨魚，在日本近海咬掉了亞哈的一條腿，亞哈發誓，不計任何代價要抓到這個仇敵。亞哈船長聰明而自負，無奈肉體正在老去，沒有老去的，是他不可侵犯的自尊，和強烈的復仇動力。

既然是復仇之旅，讓我們比較一下兩方的戰力：亞哈船長——五十八歲，妻子很年輕，有小孩一名，名字未知，他的左腿被莫比敵咬斷之後接上了木腿，他有四十年航海經驗和無比堅韌的生命力，體格高大，身高六呎四（一百九十三公分）、肩膀寬闊，毛髮色深而茂密。

莫比敵——雄性抹香鯨平均能長到十六公尺長，四十一

11 | Herman Melville

12 | Moby Dick

13 | Moby Dick

噸重，在書中，梅爾維爾聲稱莫比敵是破紀錄的世界最大抹香鯨，有二十七公尺長，在所有哺乳類之中，抹香鯨是潛得最深、最久的，一分鐘能往下潛水三百二十公尺，牠噴水的水柱很好認，因為右側鼻孔天生堵塞，牠的身體總是左傾四十五度角，噴出來的水柱成霧狀散發，牠的種名源自希臘文，意為「大頭」，抹香鯨的各種部分都是最大的，牠是地表上最大哺乳類、最大掠食動物，雌雄個體體型差異最大，雄性可達雌性兩倍重量、還有著世界最大的腦，牠不僅是大頭，還是大嘴，咬合力道約六百八十公斤，雖然抹香鯨很少咬合雙顎，但莫比敵肯定狠狠地咬過亞哈船長一大口，把他一條腿都咬掉了不是嗎？雄性抹香鯨之間常打架，但若碰到外敵，通常會選擇逃走，強壯而沒有退路的抹香鯨有可能攻擊漁船，攻擊的方式是用大頭硬砸，或是甩尾把船打翻，也有用牙齒咬碎小船的紀錄，以體型和力道來看，亞哈船長勝算不大，他心知肚明，但這些都不重要。

……我會緊抓你直到最後，我會用地獄之心狠刺你，
我會把最後一口氣噴在你臉上，就為了洩恨。

亞哈就是這麼恨莫比敵。

雖然《白鯨記》是鉅細靡遺的海上男兒復仇之旅，但書中關於鯨魚和航海的描述，甚至是各種動植物知識與文化隱喻，份量排山倒海可抵百科，就算跳著讀也能學到很多科普常識，

梅爾維爾為每個章節都下了標題，可以「按題索鯨」。比如，第四十二章「白鯨的白」，能飽覽世界上各種各樣的白：大理石白、山茶花白、珍珠白，緬甸勃固王朝白象之王的封號白、暹羅王國旗上四腳獸的白，漢諾威公國的戰馬白和奧地利帝國的皇室白，拜火教的叉狀火光白、希臘神話裡的公牛白、北美印第安的易洛魁部落供奉的神狗白、基督教徒所穿如羊毛僧衣白……即便白色尊貴甚美，但水手看見的卻是北極熊與大白鯊青光閃閃的獠牙白，令人不寒而慄的白。

不管是快樂的。體面的。還是莊嚴的聯想，在這種顏色的最深切的意想中，卻隱藏有一種無從捉摸的東西，這種東西令人驚恐的程度，實在遠超於可比鮮血的猩紅色。

再舉一例，第五十七章「油畫、牙雕和木刻中的鯨魚，刻在鐵板、石頭、山丘和星星上面的鯨魚」。這裡的牙雕，有時正是鯨魚自身的牙，有些水手會帶著牙醫器材一樣的微雕工具，不時在牙骨上作畫，記錄激烈的捕鯨戰況，有時候則是畫在鯨骨做成的女性束腰上，那麼，還想問星星上面的鯨魚是怎麼回事呢？原來存在於航海員的記憶中：

> 我就這樣在北極地方，不住地繞着北極星，追擊著那由陣陣金光初次使我看得輪廓分明的大鯨。而在輝煌燦爛的南極天空下，我卻坐上了南船星座，跟他們一起到遠離海蛇星座和飛魚星座的無垠無涯的地方，去追擊鯨星座。

《白鯨記》如今被認為是最偉大的美國小說，但在當初，這部作者花了十七個月寫成的作品，先是屢次被退稿，最後終於出版時，第一年只賣出五本，不久之後出版社失火，大批未賣出的庫存被銷毀，此後他繼續寫作，但出版社總不讓他預支版稅。當時他曾寫信給《紅字[14]》的作者霍桑[15]：「……我寫不下去了，因為他們無利可圖，但是，不這麼寫，我做不到。」

小說家福克納對《白鯨記》給予最高評價：「看完第一個想法是，希望這本書是我寫的。」梅爾維爾崇高的文學地位獲得認同，已經是梅爾維爾死後七十年。

現今世界上有幾個最出名的品牌：最大連鎖咖啡店星巴克[16]、史上最暢銷的日本漫畫《航海王》裡面的海賊船莫比迪克[17]號、美國廣告電影配樂使用率最高的音樂人魔比[18]，這些名字都來自《白鯨記》。「星巴克」是捕鯨船上大副的名字，「莫比迪克」是大白鯨的名字，而「魔比」是國際知名的流行音樂人理察・梅爾維爾・哈爾[19]給自己取的藝名，因為他與梅爾維爾有遠親關係。在一次MTV頒獎典禮上，主持狗「勝利[20]」（一隻嘴很壞的鬥牛犬玩偶）訪問席間的魔比關於梅爾維爾與他的關係，魔比說：「《白鯨記》（Moby Dick）的作者是我的曾曾曾叔公。」勝利回他：「那你就是『Moby』沒有『Dick』（「Dick」在英文又作「小雞雞」解釋）嘍，嘿嘿嘿。」魔比臉色有點難看，但也許礙於動物保護人士的立場，他沒有痛扁這隻賤嘴的假狗，又或者，當時他已經入圍得獎MTV和葛萊美獎多次，已是成熟音樂人，明星光環磨圓了他

14 | The Scarlet Letter　15 | Nathaniel Hawthorne
16 | Starbucks　17 | Moby Dick　18 | Moby
19 | Richard Melville Hall　20 | Triumph

的火爆脾氣。

魔比是音樂製作人、歌手、創作人、動物權益及素食推廣者，他善用合成器樂的弦樂，與各種類型的電子節拍完美搭配，動靜交織，讓音樂像空調一般滲入每個角落，無論是電影場景、廣告、餐廳、家裡、耳機裡，總能讓人通體舒暢、眼角泛淚。

在魔比聲名大噪之前，他也使過一次亞哈船長式的復仇。

對很多早期歌迷來說，九〇年代電音全盛期的魔比屬於大汗淋漓的舞池，他的節拍強烈狂躁、性感煽情，一曲一曲，越來越激昂，越來越快速，只要節拍夠快，就能在身邊圍出一道音牆，為那些不被了解的少年阻隔這個討厭的世界。

一九九五年，知名獨立廠牌「Mute」發行的魔比第三張專輯《萬物失常[21]》就是他融會貫通鼓打貝斯[22]、電音[23]、碎拍[24]、和硬浩室[25]各種曲式的實力成熟之作，《SPIN》雜誌給予年度專輯的盛譽，但是大部分的庸俗媒體還處在震驚之中，尚未習慣這些前衛的音樂風格，反應不怎麼熱烈，這種不思進取的冷漠激怒了魔比，他把這些憤怒全都表現在下一張專輯，一九九六年的《動物權利[25]》是魔比銷售最慘烈，最讓一般大眾不知所措的一張作品， 魔比這次竟然做了一張龐克搖滾專輯，據他的經紀人說，「這是一場災難」，這張專輯讓原本的電音粉絲錯愕生氣，讓新的歌迷忘之卻步，媒體冷眼旁觀，差一點毀掉魔比的事業，但是當時對於這些業界情報一無所知的我，在各種奇怪進口盤都有（後來果然倒閉了）的西門町淘兒唱片城買

21 | Everything is Wrong　22 | Drum & Bass
23 | Techno　24 | Hard House
25 | Hard House　26 | Animal Rights

下這張CD，覺得這些龐克歌曲，粗糙的吉他刷弦、配上鋼琴弦樂，還真好聽呢。

《動物權利》之後三年，專輯《Play》發行，起初銷售普通，在英國榜排名三十幾，幾週之後就跌出榜外，魔比一度非常沮喪，他覺得現場表演時，連觀眾也對他沒興趣，到底為什麼做這行？誰知在發行十個月後，專輯突然回榜，並一路緩慢攀升，直到升上英國榜冠軍，這張專輯賣得很慢很久，這可能跟裡面的每一首曲子都被不同的電影採用有關係，看過《海灘[27]》和《驚天動地六十秒[28]》等強片，而循著音樂找到魔比的人越來越多，最終《Play》在全球大賣一千兩百萬張，魔比成為無敵配樂至尊寶。

《Play》的每一首曲子都因為影視廣告的採用而耳熟能詳，這些曲子簡單、美麗、卻不落俗套，有些人會把魔比和單場要價百萬的天王DJ相提並論，但魔比對音樂的貢獻遠遠不只如此，他擁有過人的拼貼混合技術，但他永遠都會回歸音樂的本質，謙卑地索取各種音樂最純粹的養分，《Play》的音樂架構是電音舞曲，但在曲調上回歸到搖滾樂最初的根源藍調，藍調的組成元素簡單樸素，但卻是當今所有流行音樂種類的原點，簡單的東西有時最困難，當水手說出「叫我以實馬利」這麼簡單直白的開場，誰能想到這句話將開啟一場驚天動地的生死之爭呢？

二〇一〇年，一種新發現的抹香鯨以梅爾維爾命名，全名利維坦・梅爾維爾鯨[29]，不過科學家發現的只是鯨的化石，這

27 | The Beach

28 | Gone in Sixty Seconds

29 | Leviathan melvillei

種鯨早已絕種，光是致敬梅爾維爾的一項命名活動，彷彿也在感嘆他的才華超前時代，等到世人終於發現之時，都已成為骨灰化石了。大部分人知道魔比很紅很紅，不知道他經歷過絕望的低谷，魔比原本是不可一世的紐約地下寵兒，他曾經與體制作戰失敗，甚至對自己失去信心，創作人永遠都要面對孤獨，和可能永遠不被了解的巨大壓力，魔比的老祖宗梅爾維爾在世時從沒見過《白鯨記》大受歡迎的模樣，即便如此，我想他應該不曾後悔寫了這本書。

寫下這篇文字的日子是九月十一日，在此祝九月十一日在我親愛的紐約哈林區出生的魔比先生，生日快樂。

XI

八達嶺「野生」動物園

跳舞的熊

Badaling “Wildlife” Park

Dancing Bears

往八達嶺的前幾天，整個北京城被霧霾籠罩，我正在讀關於瀋陽野生動物園的舊聞。瀋陽的老動物園「萬泉」從來沒有正式搬遷，它只是慢慢的原地蒸發，取而代之的，在瀋陽郊外的野生動物園最出名的一刻，很不幸的是二〇一〇年十一隻東北虎三個月內相繼死亡的消息曝光時，園方稱由於經費不足，無力飼養大群猛虎，媒體披露在老虎死前，每天只得吃一隻雞架（還不足一隻雞，只有骨架而已），並傳出園方人員拿餓死之虎骨虎皮謀財。

餓死老虎的動物園後來怎麼了呢？他們從政府方面得到折合新台幣約三千萬的資助，用以「搶救剩下的老虎」。以一隻老虎每天吃五公斤肉、豬肉一公斤八十元計，三千萬能買到的肉足以讓十一隻老虎吃六千八百年，但那麼美好的事情是不會發生的，因為一筆錢要走到

瀋陽市「萬泉動物園」舊址

動物園得經過好多地方，老虎在自然界的食物鏈站的是頂端，但是在錢字這條路上則是最下層。

位於北京市郊的八達嶺野生動物世界則沒有蕭條的問題，官網自稱是全中國面積最大的山地動物園，跟其他城市那些乏人問津的野生動物園不同，有公車數班可達，假日還有多條遊覽公車專線。

是日我與友人直到日上三竿才起，洗漱磨蹭直到下午才出門，在霧中公路上瞪著前方的剎車燈一路停停走走，直到看見居庸關和八達嶺長城，路開始蜿蜒，才冒出了一點出遊的逸興。

車入園時已過下午四點，成人門票九十元人民幣，小客車入場費用另計，需購買保險，園內人車極少，車道被土坡夾緊，一條狹道上只有一台水車緩慢前行，不得已我們也只好等它慢慢過。公園五點閉館，此時猛獸大多已被趕回欄內，透過綠色的網籠看見幾隻老虎，牠們下了班悠閒甩著尾巴，好像在說「唉今天又沒甚麼特別的事」。

我不似那些帶孩子的家庭準備充分，一趟標準的八達嶺野生動物園之旅應該從備糧做起，餅乾、麵包、包子、肉乾，有的給大人、有的給小孩，有些給獅子、有些給驢馬、有些給大象、有些給長頸鹿。園內到處掛滿警語：嚴禁攜帶寵物、嚴禁煙火、嚴禁下車開窗、嚴禁隨地便溺、嚴禁亂丟垃圾，私自餵食當然也是禁止的，雖然如此，幾乎人人到了放養區內都不假思索地、歡欣鼓舞地，把窗戶搖下投餵食物。園方販售專用餵食飼料，比方餵給大象的玉米棒要十元、餵給長頸鹿的大樹枝則只要五元，猛獸區的肉塊全雞則幾十塊不等，注重身教的家長會藉機教育鬧著要餵動物的孩子，何謂該花的錢、不該花的錢，比起來人類吃的零食價值是高得多的，何況吃不完還可以收著餵小孩。此時工作人員經常是眼不見為淨。我不想自命清高，我也身為以食為天的民族成員，看到某些動物（比方說蹬羚）也會萌生把牠吃掉的念頭。比起吃掉動物的念頭，想餵動物可以說是一種略為高尚的情操，這種行為輔證了人有好生之德的假設，可惜八達嶺動物園的遊客亂餵情況嚴重，已經到了動物都覺得「理所當然」的程度。每當有車進入猛獸區，老虎和熊都會立即放下尊嚴體面，前來搭訕討食，在這個號稱「古羅馬式野性恢復場」的地方，我總覺得牠們一定超級不挑，如果牠們吃包子的同時，一不小心吃掉你的一兩隻手指，那牠們也只能說：「哎呀抱歉沒注意到」，「喔，對了，你的食指比中指鮮美」。幾年前加拿大警方在西岸破獲一處大麻園，園子周圍的「守衛」竟然是十幾隻溫馴的黑熊，在加拿大這樣森林密集的國家，餵食熊隻是違法的，因為這種行為在熊的簡單心靈中會將「食物」與「人類」劃上等號。加拿大可以說是動保魔人最多的國家，魔人們請儘管大規模地去愛動物／恨人類，但是再怎麼熱愛，任誰也不會想要被熊咬掉一隻手吧？八達嶺的獅子和老虎都有咬人紀錄，識得人肉味，遊客朋友們在餵食之前請三思。

索討食物最肆無忌憚、又每次都能得逞的，還是溫順區的那些吃草的，馬、羊、駱駝在一個園子裡混合飼養，這個場地不小，還有陡坡，足夠奔跑的空間正是偶蹄類動物維持腳趾健康最需要的，但是植被方面就有點淒慘，整個區域內地表上已被吃得寸草不剩，跟周圍群山上的鬱蔥樹林形成對比起來有點怵目驚心。一匹強出頭的馬兒跑得特快，湊近每一台轎車敲車窗要東西吃，當有人搖下車窗，牠便把頭伸進車內，用大鼻孔對人噴氣。要不是所有的馬隻都有一樣圓滾滾下垂的肚子，我還以為這匹馬快要臨盆了，結果只是大家都普遍吃得太多。好吧，一定要比的話，吃太多還是比餓死好得多。

也有物種妥善利用了這裡後天的野生環境，培養出了野性的社會化，那就是猴山上的獼猴。八達嶺園方對於猴山內政採取「不干涉、只餵飽」的原則，猴子是群居動物，因為太多隻了，猴子飼養員通常不會一一命名，一九八八年開園以來只有三隻猴子有正式的名字：點點、滴滴、星星，分別是前中後三任猴王。二〇〇三年的猴山政變還上了全國新聞，並有許多讀者寫信詢問新猴王的「新政」重點為何？據說星星是一名特別和藹的猴王，牠一反前任路線，總是願意與臣民共享食物，而有幾隻擁護前任猴王的信眾，自願跳出了電網，「流亡籠外」而無法吃到園方供應的餐飲。

八達嶺野生動物世界還有動物表演，名為「孔雀東南飛」的成群孔雀齊飛秀每天一場、週六、日則有馬戲表演。晚到的我們已經錯過所有的表演時間，只能在門外跟工作人員抱怨，怎麼那麼早就「收動物」呢？買了票卻甚麼也沒看到呀！此時售票亭外一台沒熄火的私家車裡走出了位青年，穿著質感不錯的外衣，踩著自信的步伐來到我們車窗邊。

「姑娘們，」他說，「要不這樣吧，我在你們票上簽個字，你們一年以內就可以憑票再入園玩一次。」

我目瞪口呆地看著這位哥在票上寫下日期和簽名，原來他是領導，原來動物園也是領導說了算。

八達嶺野生動物園的草食動物散養區

八達嶺的半日遊就這樣草率地結束，但我想起了另一個馬戲表演場的往事。

那是一個根本沒有觀眾的馬戲表演，圓形的場館坐席全都殘破地暴露在空氣中，只有為了躲雨的人零散地坐著觀看黑熊玩球、騎車、跳繩，因為熊和馴獸師都很嫩，每項雜技做來都有點抖抖的，顫抖的雜技已經夠可憐了，觀眾少到坐不滿一排更是淒涼無比，表演者是個青少年模樣的男孩，黑髮光滑，穿著雜技團寶藍色的衣褲，他蹲在地上像是附耳對黑熊說了什麼悄悄話，黑熊終於順利把伏地挺身做完。

例行公事完了，男孩把鐵環皮球收起，跟黑熊說回去吧，黑熊便直起身子，跟男孩並肩走向後台，我看著他們同等身高勾肩搭背的背影，覺得他們在寂寞的動物星球裡相依為命，也不是一件壞事。

「跳舞熊」在街頭賣藝，這是已經存在好幾個世紀的表演活動。簡單的動物雜技是最適合漂浪者和無家可歸之人的無本生意，從印度、中東、西伯利亞、到土耳其，大約十三世紀起在全歐洲都很流行，後來逐漸式微，但在巴爾幹半島和保加利亞，帶著跳舞熊乞討的吉普賽人還是很尋常街景。有專門致力於廢止、救助、安置跳舞熊的保育人士，他們推動禁令、搜救、安置、小心翼翼防止獵熊轉至地下化，柏林動物園生下小白熊努特卻不願餵養孩子的母熊托斯卡，就是一隻「退役」的跳舞熊。保育者曾經問道：「一定要帶熊嗎？帶一隻鸚鵡不好嗎？帶一隻小狗不好嗎？」領熊人（Ursari，來自羅馬尼亞語和保加利亞語）——他們的長相跟庫斯托利卡電影《流浪者之歌[1]》裡的吉普賽人（正確說法應為羅馬尼人〔Romani〕）一樣，濃密的捲髮看起來總是濕濕油油——憂鬱地搖搖頭：「沒用，沒有甚麼比跳舞熊有用。」領熊人會帶著跳舞熊在路邊的咖啡館穿梭討錢，路人給錢大多是出於恐懼，只為了讓熊離自己遠一點，基於這層心理因素，帶一隻鳥或一隻狗的效果是完全比不上的。

我原本以為跳舞熊也可以過得快樂，我以前最愛的故事書《挨鞭僮[2]》裡有一隻跳舞熊叫做「白不黑」，牠是挨鞭僮和王子在森林裡流浪時遇到的，危急的時候可以大發熊威逼退壞蛋，沒錢的時候就在路邊跳起舞來掙幾個銅板，用來買煮馬鈴薯吃，熱呼呼的馬鈴薯，你要加鹽還是加胡椒呢？

「我要胡椒，白不黑要鹽。」領熊人白大姑說。

我相信大部分的跳舞熊都喜歡牠們的主人，這心情有點類似「斯德哥爾摩症候群」，當一頭小熊從小被從媽媽身邊帶走，自此世界只剩下一個餵牠吃飯的人類，牠當然只能接受自己的命運並試著喜歡工作，但熊畢竟是熊，牠有爪子和牙，力氣足以殺死一匹馬，所以很多跳舞熊的牙齒會被拔光，以防牠傷人。

當活得乾淨明亮的都市人看見馬戲班、流浪狗、動物乞食等種種「野蠻」的暗示，也許會有點於心不忍而別過了頭，輕視野蠻的態度本身難道不野蠻嗎？我到了動物園去挑剔工作人員的餵食方式是否也很野蠻呢？

馴獸的人們經常要不就是居無定所的浪人、要不就是辛勤流汗的勞工、要不就是底層社會剝削他人的機會主義者，我從沒見過哪位豐衣足食的有型人士，會那麼不辭辛勞地去馴化動物，飽受舟車勞頓、日夜處在尖牙利爪和屎尿騷味之間，只為取悅幾位陌生的觀眾謀取生

2 | The Whipping Boy

計，窮人總是剝削更窮的人、或者剝削動物，如果畫一條奴役動物的食物鏈，跳舞熊在最低一層，領熊人站的就是第二低下的位置。

話說回來，任何關於動物的討論，總之都能回到莊周那句老話：「你不是熊，怎麼知道跳舞熊不快樂呢？」有時候跳舞熊心情不錯，有的甚至會笑，但牠們的身影總是讓我感到無比悲傷，因為，世界上每一隻跳舞熊的身上，都背著一條鐵鍊。

哭泣的駱駝
Weeping Camels

「如果沙漠上沒有駱駝，沙漠就只是沙漠。」王家衛版的西毒可能會這樣說：「沒有駱駝的沙漠是不會有人煙的，沒人煙的地方，要文學和電影幹嘛呢？」

洪七：「這個沙漠的後面，是什麼地方？」

西毒：「是另外一個沙漠啊。」

在被王家衛徹底改造後煥然新生的武俠藝術片《東邪西毒》裡，張國榮飾演的西毒歐陽鋒優雅地住在沙漠邊上，北丐洪七的老婆一路找人找到沙漠，西毒說洪七不在這兒，那鄉下女人硬是不信，頂著斗笠坐在烈日下等。

別以為要欺騙一個女人是很容易的事，越是單純的女人就越直接。她知道她丈夫根本沒有離開。因為洪七是不會扔下駱駝不管的。

沙漠中駱駝是生命存活的基礎，也是終極的精神依歸。沒有駱駝坐騎，「阿拉伯的勞倫斯」就頂多是個愛穿長袍的英國軍人。根據T. E. 勞倫斯[3]自傳《智慧七柱[4]》改編的電影《阿拉伯的勞倫斯[5]》裡，彼得・奧圖[6]端坐峰頂，一夫當關，身後有三千名帥得嚇人的頭巾步槍大軍，他湛藍深邃的眼眸，在純白蓋頭

3 | T. E. Lawrence　4 | Seven Pillars of Wisdom

5 | Lawrence of Arabia

6 | Peter O'Toole

包覆之下從覆面沙塵穿透而出，至今仍是好萊塢影史上最重要的阿拉伯世界代表。

此片的拍攝過程當然也充滿駱駝大小事：初期在約旦安曼拍片時，彼得・奧圖尚未適應騎駱駝，於是去買了一塊泡綿墊鋪在鞍上，到了後期，所有的臨時演員都仿照這個做法，彼得・奧圖自此得到一個阿拉伯語外號：「泡綿之父[7]」。後來在西班牙搭景拍攝亞喀巴之役的時候，摔下駱駝的彼得・奧圖之所以沒有被後面迎上來的馬匹踩踏，是因為他的駱駝長腿一伸把他保護在四肢中間，據聞T. E. 勞倫斯本尊也在戰場上有過相似的經歷。

駱駝同時也是重要財產，在阿拉伯國家如此，在北京這個由遊牧民族建立的首都（元大都），也曾經處處是駱駝大街。老舍筆下的《駱駝祥子》在被大兵胡亂俘虜起來、失去最重要的財產——人力車之後，看到了部隊裡有駱駝，因而判定了自己還在平地，沒給抓到山上，於是他準備趁亂逃命：

> 祥子已經跑出二三十步去，可又不肯跑了，他捨不得那幾匹駱駝。他在世界上的財產，現在，只剩下了自己的一條命。就是地上的一根麻繩，他也樂意拾起來，即使沒用，還能稍微安慰他一下，至少他手中有條麻繩，不完全是空的。逃命是要緊的，可是赤裸裸的一條命有什麼用呢？他得帶走這幾匹牲口，雖然還沒想起駱駝能有什麼用處，可是總得算是幾件東西，而且是塊兒不小的東西。

7 | Ab al-Isfanjah，أبا الإسفنجة

駱駝身形大而強壯，耐力十足，擁有防風眼睫毛和瞬間開閉式鼻孔、駝峰裡能儲存脂肪、血中的橢圓形紅血球能儲水、嘴能嚼食帶刺植物、毛皮能防晒隔熱、寬厚腳掌能防止陷入泥沙，還有，那強大的腎，能將大部分水分留在體內，是以排出的尿液極為濃稠，而大便則乾到能引火燃燒。

駱駝的形象與遼闊的沙漠一樣，大器、沉靜、單純而神祕，成年雙峰駱駝加上駝峰身高超過兩米，眼眸有著伊斯蘭式的高深莫測，相較之下，牠們居住在山區的表親——同屬駱駝科也同樣擁有三個胃袋的美洲駝系列——包括駱馬、原駝、羊駝（渾名「草泥馬」）等，天生有著半笑的臉，矮身子又恰好容易與人面面相覷。

《丁丁歷險記 13 太陽神的囚徒[8]》裡，印第安嚮導說了，沒有駱馬馱物，人就無法上山找失蹤的教授。駱馬得意洋洋的模樣，哈達克船長看了真不爽，與之對嗆，馬上遭受噴臭水攻擊，並隨即被啃掉一把鬍鬚，旁觀的駱馬（可能只是人的想像）和印第安人還訕笑了起來。

駱駝科動物的臉合乎我們對表情的想像，牠們有長睫毛，有上揚的嘴角，有直挺的鼻梁和尖翹的鼻頭，嘴裡總是嚼個不停，讓牠們看來吊兒郎當，而且天哪，牠們還有聳到不行的瀏海呢。既然駱駝會笑，當然也會有哭泣之時，三毛在北非撒哈拉沙漠的生活便是無時無刻不被駱駝的生老病死圍繞，《哭泣的駱駝》一書中，壓軸的同名單篇如此描述駱駝屠宰房：

> 屠宰房是平時我最不願來的一個地帶，那兒經年回響

8 | Les Aventures de Tintin et Milou: Le Temple du Soleil

著待宰駱駝的哀鳴，死駱駝的腐肉白骨，丟滿了一個淺淺的沙穀。風，在這一帶一向是厲冽的，即使是白天來，亦使人覺得陰森不樂，現在近黃昏的尾聲了，夕陽只拉著一條淡色的尾巴在地平線上弱弱的照著。

無論駱馬是否存心討打、駱駝是否真心哭泣，都不重要，在人說的故事裡，最令人想哭的，還是某些時候，當我們從駝峰之間探頭往外看去，只見乾淨而明亮的沙漠上，那些人與人之間赤裸的殺戮與奪取，還沒結束。

阿拉善盟最後一隻雪豹

Last Snow Panther in Alxa League

二〇一三年四月，一個面色稍微蒼白的青年，臉上掛著粗框眼鏡、背著有防震襯墊的電腦背包，來到內蒙古最西邊的阿拉善盟，在這個逐漸沙漠化的草原上，牧民看著這個北京來的書呆子，心知肚明，這個研究生，是為了「那隻雪豹」而來的。

阿拉善盟位於內蒙古自治區最西邊，分為左旗和右旗。

四月十五日，三個牧羊人開著卡車，穿過右旗的巴丹吉林沙漠邊緣，他們覺得這裡應該會有野生駱駝，野生駱駝很有價值。

牧羊人們有時抽根菸、有時唱歌，他們開了一陣，穿越那個沒有手機訊號的沙漠，沒有見到半個駝峰，卻發現這一乾渴飢餓、虛弱無比的雪豹，當時這隻雪豹正走在沙漠外圍與「死區」的邊緣地帶，差一點就要進入「零食物鏈」的無生命跡象帶。雪豹雖累，牙爪都在，兇得很，三人老早見識過兇猛的動物，只用了一件衣服、一個繩圈、還有代代相傳的蒙古精神，靈巧地把這隻猛獸給抓到車上，先餵水喝，再開車出沙漠。三人一豹在看似無邊的沙漠裡又行駛了四個小時，才到達有手機訊號的地方，連絡上了森林公安局的人。

每一隻豹的斑紋都是獨一無二的，那位來到阿拉善的研究生，遵從北京林業大學和牛津大學一中一西的兩位教授的指示，比對出這隻雪豹，就是一個月前在左旗放歸的同一隻雪豹。這讓他有點失望，因為雪豹在阿拉善絕跡七十年，發現一隻跟兩隻，在生態學上的意義完全不同，但是他也很高興，因為上一次檢查這隻雪豹的半途，由於麻醉不足，這位老兄突然驚醒，一躍掛在辦公室的鐵窗上不肯下來，所以上回沒抽到血、也沒量到牙齒，血液能提供關於這隻動物身心狀態各種重要資訊，而從牙齒，則能知道一隻貓科動物的年齡和飲食狀況，這一次，說甚麼也要好好辦，森林局出動大批人員幫忙出手腳，又請來一位真正的「蒙古大夫」——經驗豐富的阿拉善獸醫，來負責麻醉。

研究生：「好的，我們先演示一下，等會您壓前腳、您壓後腳、您壓頸子、您……」

大叔一：「不是，我壓尾巴的。」

大叔二：「我是壓前腳的才對。」

研究生：「啊？呃，這個，那我們重新講一遍，您壓頭、您兩位壓尾巴……」

這一次，雖然還是七手八腳，總算把科學證據都記錄下來，研究生終於能夠回去大城市裡交差了，祝福他的論文能夠順利過關。

阿拉善盟沒有自己的動物學家，但是了解動物的牧民多的是，沒人敢真的伸手去撫摸雪豹，代替撫摸，他們以樹枝隔著籠子在豹頭上搔，躁動的雪豹果真鎮靜了下來了，在籠裡安養了幾天，雪豹好像不再那麼虛弱或驚慌，根據夜間攝影機偷拍到的畫面，到了夜裡還會像一隻小貓一樣把肚皮翻出來，或是跟籠裡唯一的對手—— 一個食盆，進行決鬥。

是時候讓雪豹回去了。大家說。

可是回哪裡呢？對於這種國家一級保護動物，理論上應該要先進行救治之後，實施「原地放歸」，也就是說，在哪發現的，就在哪放。但是這一回，牧民和動物學家的看法起了衝突。動物學家有一種浪漫的演化思考：認為雪豹走上那個方向是有某種神奇的原因，出於一種未知的自然呼喚。

北京林業大學的教授說：「只要牠能夠穿越這個沙漠，牠就帶領這個物種走了出去。」

森林局的公務人員，幾乎全部都是牧民出身，聽了直搖頭。牧民人生的第一要務，就是把動物養活，他們認為一個月前在左旗「原地放歸」的結果，這隻雪豹走了四百多公里到了右旗，在沙漠死區的邊上被撿回來，怎麼可能把辛苦救回來的雪豹放回沙漠呢？代替教授在草原會議上發表浪漫宣言的研究生，有點不知所措，缺少運動與日照的蒼白臉孔上有點冒汗，他被牧民包圍著，這些蒙古人穿著森林局的制服，臉上被太陽晒得通紅，有著風沙經年吹拂留下的痕跡，他們的指節粗大，指甲裡有牛羊的氣味，研究生知道，在草原上，書呆子是沒辦法說服牧羊人的。

最後決定把這隻雪豹放到阿拉善左旗的敖龍布拉格山，在那一帶曾經有過雪豹蹤跡，山裡還有食物和水源，是最合理的地點，放歸前夜，他們先連豹帶籠跋涉載到山邊，把雪豹放在車上過一夜，準備第二天進行正式道別。

第二天早上，眾人來到卡車邊，只見籠子破了一個大洞，雪豹不見蹤影，這隻雪豹在放歸的前夜抓破了牠安穩吃睡待了七天的籠子，離去前只留給眾人一排砂地上的腳印，眾人循著腳印，走到了一面寸草不生的陡峭山壁前，腳印就消失在這光禿禿的山壁前。

雪豹到底是依循著生存常識走進了山裡、還是跟著那神祕的物種呼喚走向了沙漠呢？有些事情，只有雪豹自己才知道，我們只能送牠到山下，也許，能為牠唱一首歌。

世界級的蒙古歌手中最有名的就是烏仁娜・查哈爾圖格旗[9]，她是內蒙古牧民的女兒，她成長的鄂爾多斯草原被稱為「歌之海」，她還沒學認字時就知道如何管理一群羊，她是騎馬上下學、用蒙古文寫作業的小學生，二十歲時，她第一次搭火車，到上海音樂學院入學，那時她還只會講一兩句漢語。烏仁娜的歌聲在全世界獲得極多獎項與掌聲，索尼攝影機廣告採用她的歌曲，讓她打開了大眾知名度，成了相撲橫綱朝青龍之外最有名的蒙古人。但是烏仁娜在藝術上的成就不只在表演，她的創作經常融合各種不同文化的傳統民樂，二〇一二年起她與匈牙利小提琴家佐爾坦・藍圖斯[10]，以及高齡八十歲的伊朗國寶級波斯鼓大師狄珍查・查米拉尼[11]在中國巡演，台下常有長

9 | Urna Chahar-Tugchi

10 | Zoltan Lantos

11 | Djamchid Chemirani

髮如緞的蒙古同鄉與她一起唱和。我曾聽說有歌手把自己當成一種樂器，但在烏仁娜的場合，她沒有變成樂器，反而讓波斯鼓和小提琴都唱起了歌。

正當烏仁娜以世界級規格演奏正宗的純粹民樂，在舞台上重現傳統的草原風光，此時此刻的內蒙古草原上，生活方式卻不斷地在改變，純粹已經不合乎居民的需求，電子音色、擴音機、色彩豔麗的混紡布料、普及攝影技術已經融入了畜牧生活，一台鍵盤伴奏就能錄出一首蒙古民歌、一台手持攝影機就能拍攝一部草原MV，蒙古姑娘的衣服好新好亮、整齊住宅和整齊工廠組成了現代化的市鎮景象，但有些事情沒有變，放牧的牛羊馬依舊在草上奔跑，蒙古文K歌字幕還是要打直的看。一首烏仁娜唱的〈搖籃曲〉送給雪豹，一首蒙古那卡西版本〈美麗的阿拉善〉，送給阿拉善的牧民們。生存多麼艱難，雪豹也好，牧羊人也好，辛苦了，來唱歌、來喝酒吧。

XII

北京動物園

中國最硬的鐵板

Beijing Zoo

The Monolithic Beijingers

數大便是美，要比數大，中國的首都是絕對不會輸的。當代的北京城有多大，共有一萬六千四百一十平方公里，約是六十個台北那麼大。來來去去的常駐人口已經逼近兩千四百萬，就算是現在的紐約市人口也不過是八百四十萬。

北京動物園（暱稱「北動」）位於北京西城區西直門外大街，動物園大眾交通樞紐是有兩百六十輛公車進出的公車總站，車站後方的「動物園批發市場」是華北最大的成衣批發集散地，商鋪數量是五分埔兩倍多，動物園東面是北京展覽館，而南面則是北京天文館。「北動」平均年訪客六百萬人次，是世界第一，在一九八四年還創過一千兩百萬人次

的瘋狂紀錄，在東北面的皇帝船碼頭上船，能穿過動物園內運河直達頤和園，慈禧太后她老人家當年就是走這條水路來度假的。

既然是皇家的東西，那當然是極好的了。園裡的建築都是國寶級的文物，最老的是古荷花池，自元末就在此地盛開，它的前身是三貝子花園，排行第三的貝子「福康安郡王」四處征戰，也不忘帶回珍奇動物豢養，跟巴黎的貴族百獸園一樣，為後來的公眾動物園打下了基礎；「北動」與德國也有關連，在創園初期，南洋商務大臣兼兩江總督端方從德國買了不少動物回來，當時發達的德國動物商之中，一定少不了老面孔哈根貝克先生。「北動」前身的「農業試驗場」成立那一年，哈根貝克正帶著馬戲團從美洲巡演結束回歐，在漢堡著手建設它那影響全世界動物園設計的「哈根貝克動物園」，用壕溝取代圍籠，在有限的空間裡為人與動物製造一種貼近自然的體驗，現在大多動物園採用，「北動」也是其一。

光緒三十四年六月，農業試驗場與附設動植物園完工，對公眾開放，試驗場、植物園和動物園分開售票，售票處有兩邊窗口，一邊男一邊女，男客拿白色票、女客拿紅色票，票價都是銅元八枚，物品行李可以寄存，入園通道是男左女右。開園後三年，清朝就亡了，但是農業試驗場保持原樣，繼續對外開放，為了吸引更多民眾造訪，還使出了不少絕招。中國工程院的陳俊愉院士爺爺回憶起他第一次去北京動物園的情景，門口賣票的是兩個身高超過兩米的巨人，那一年是民國十五年，他九歲。

動物園門邊的一道牆上掛著歷任重要主事者的頭像，回顧過去百年，最初的發起人和捐贈巨款的好心人頭上都還戴著清朝官帽、梳著辮子，走兩步路到下一欄，則照片上人人都剪去了辮子，有些人換上三件式西裝，其他人則著長袍或制服，照片正中央的是孫中山先生，身後的洋樓原本是慈禧太后的行暢觀園，而宋教仁——可能是歷史課本上最帥人士——當農林總長時曾經住過園內的鬯春堂，是一間推開窗戶就能看見湖上候鳥半飛半泊的中式宅邸。

作為一個百年動物園，「北動」也像柏林、巴黎一樣被戰火掃過，根據《北京動物園志》，抗日戰爭的時候，唯一的大象被餓死（又有一說：夏元瑜先生文章曾提及象是被毒死），然後獅、豹等大貓以防衛之名被日軍毒殺。這樣講好像有點失禮，不過二戰時期的日軍好像特別執著於把動物園猛獸殺掉，就算是日本本土內的動物園也難逃毒手。

一九四九年，北京動物園只剩下三隻鸚鵡、十三隻獼猴和一隻鴯鶓[1]，把動物園再填滿的工程以外交管道熱絡的展開，北京動物園可以說是數十年來的國際關係重鎮，當代國際和親政策用的不再是王昭君，而是亞洲象、印度犀、朝鮮豹、日本鬣羚、美洲河貍、非洲獅、泰國鱷、加勒比海牛、孟加拉虎、北極熊……，在動物園裡從事訪問活動，不但政治人物能盡顯親和，還能鑲上科學交流的光環，包括前後三任的日本首相夫人、美國前總統雷根夫人、冰島、愛爾蘭、芬蘭、斐濟、孟加拉、泰國、坦尚尼亞等國的政要或夫人皆賞光，可算是第一夫人最愛的場合。

全中國沒有一個動物園比「北動」更享有優越的歷史地位和存在感，但即使獨一無二的「北動」，在不久之前還是經歷了一番「偷搬」危機。

1 | Emu

北京動物園

中國最硬的鐵板 ………… 234

ZOO

從西元二〇〇〇年起，全中國至少有二十幾個城市動物園被迫搬遷，好像一台不開燈的列車在黑暗中朝向未知的命運默默行駛。沒注意到這件事是正常的，因為人們正在為了地皮、房價、拆遷、都更的事情忙得焦頭爛額，不過只要看看人類的拆遷可以如何草率荒謬，就不難想像對於動物園來說，從公益性質的「城市動物園」轉換成私人營利的「野生動物園」的過程中，得折損多少動物的生命與健康。二〇〇四年哈爾濱市的動物園遷徙是比較透明化的一次，許多市民投入意見（不過沒有被採納），選了一個交通極為不便，連高速公路都還得額外挖一個出口的地點，可以說是非常失敗，連當初推動外遷的人都在央視節目中承認了失敗，但實在也沒辦法，因為當時「有一個比較近的地點，但是上面有個火葬場不願搬離」。

二〇〇四年春天，全北京進入籌備奧運最激動的倒數階段，市郊大興縣有個野生動物園負債累累，於是大興縣政府與北京市發展改革委員會關起門來商量，將北京動物園遷至大興合併，再將市中心土地移作商用。這個想法在灰泥都想發財的現代中國是再正常不過的思維，但是他們沒有想到這一次踢到了一塊中國最難惹的鐵板，那就是老北京的市民和知識分子。

當媒體開始披露「密謀搬遷」的消息，學者專家、文人名人從法律、程序、歷史、文化、建築、科學、教育、家庭、都市生活、公益等各方面全面反對搬遷，新浪新聞的特集版面至今還留下了兩派當時激烈的辯證。

這是一次令人讚嘆的公民思辨過程，增加市民的休閒與教育成本是不好的、想偷偷把動物園搬走不讓市民知情是罪過的，一個很好的志願者團體「綠家園」便帶著孩子討論動物園搬家的事情，一個孩子說：「動物園搬家的事情應該要全北京市民投票決定，連小學生也要投票。」

一個古老的動物園總是不卑不亢地乘載時代流轉，比任何朝生暮死的樓房更加誠懇反映了城市的性格，那些安穩已久的歐洲動物園看似有一種塵埃落定的優雅，對比起來，中國此刻的動物園百態，證明了這是一個充滿不安的時代。

世界最早的倫敦動物園，是那些硬底子科學家充滿理想與固執的結晶，而「北動」開張的時候，你以為這是光緒皇帝開好玩兒的嗎？光緒三十二年（一九〇六年）的時候，是光緒帝嘗試維新失敗，領導變法的知識分子「六君子」在城南菜市口被斬首，八國聯軍攻入北京城燒殺肆虐之後第六年，慈禧老佛爺隻手遮天把軍火費拿去修了頤和園，他在保守派的高壓控制之下推行了農業試驗場的建設和成立，試驗場暨動植物園對公眾開放之後五個月，光緒皇帝就過世了。原來北京動物園從一開始就是「用知識頑強抵抗」的具體象徵，即便光緒帝的改革之路沒能走到最後，但這座城市的市民一路保護著動物園直到今日，二〇一三年，北京動物園進入第一百零七年。

搭了一小時地鐵，有點暈眩，從動物園站走上地面，北風呼呼地吹，天文台的圓頂積雪正慢慢滑落，動物園正門雄偉的石雕牌樓因為歲月風雨更顯典雅厚重，當初郭沫若題字的北京動物園字樣，已經在文革時被刨平，後來加上的毛澤東墨寶組成的園名，如今也已經歷五十年風霜，那些依照檔案照片復元百年前的雕花反而才是新的，然而一百年、一千年以後，這些字與花都將同樣走進古老的歷史。歷史與文化是停留與累積而成的，有人說動物園留在這裡和搬到那裡不都是一樣嗎？完全不一樣！

在雪中，披著軍大衣的警衛一邊掃著紅毯上的積雪，嘴裡哼哼哈哈地唱歌，運河結冰無法行船，烏鴉的腳爪好像很耐凍，牠們都在冰上溜搭著啄食，園子裡的寒帶動物都興奮起來，北極熊、雪貂、銀狐、羊駝、雪鴞（跟《哈利波特》裡那一隻一樣）在雪地裡到處撒歡，麝牛（雖然長得像牛名字也是牛，但其實是一種很大的野羊）和美洲野牛，站在雪中一下午一動也不動，牠們的一身皮草正派得上用場，這樣的天氣裡，是否牠們會想起家鄉？應該不會了，因為北京就是牠們的家。

狼的簡單生活

The Simple Life for Wolves

《魔法公主[2]》的女主角小桑是狼孩子，兇狠的外貌之下有顆溫柔的心，如同所有宮崎駿作品中的女主角一樣，她擁有過人的力量，卻不願意破壞和平，對待小動物愛護有加。另一個美麗的狼化身是Maggie Q，在電影《狼災記》裡飾演住在山洞裡的蠻族女子，衣不蔽體的養眼造型令觀眾心滿意足，但其實在井上靖原著裡面，這名女子是「渾身屍臭、破衣爛衫、狀如死人」的模樣，在荒野山洞中，一個被放逐的部落寡婦，其實確實應該如此。

唐・德里羅[3]小說《大都會[4]》改編的電影《夢遊大都會》中，羅伯・派汀森[5]在車裡（基本上那部電影百分之八十都在車裡，不是普通的車，而是附香檳的高檔加長型禮車）擺著憂鬱富翁「有錢得很不情願」的憂鬱神情，對他的好友兼網路安全總監說：「他們（媒體和外界）怎麼說我們的？被狼養大的人（Raised by Wolves）？」咧嘴半笑著露出吸血鬼般的犬齒尖端。被狼養大的年輕實業家如何像狼孩子一樣六親不認、心狠手辣，在二十九歲前成為億萬富翁，用加長禮車當代步車兼會議室，隨時傳呼專屬擔任藝術經紀的美艷熟女上車做愛，完事後即刻下單收購百萬名畫；不過這些都不是重點，重點是羅伯・派汀森冷酷的樣子性感到能讓女孩為他粉身碎骨。所以做

2 | もののけ姫　3 | Don DeLillo

4 | Cosmopolis

5 | Robert Pattinson

一隻狼還不夠，還得要有狼的魅力、狼的帥氣，得要有合乎狼性的超群風範和超凡作為。

北方城市的政商精神喊話中，常有人呼籲做生意要有「狼性」，跟講究人際善達、品味風雅的江南商人截然不同，在北方要是被說像條狼一樣快、很、準，打了就跑，是一種無上的讚美。在美國奧克拉荷馬州長大、曾經打過第二次世界大戰的作家東尼・席勒曼[6]寫過一本推理小說《凱歐狼總是等著[7]》，標題取自了印第安部落納瓦荷（Navajo）關於狼的傳說：納瓦荷狼永遠伺機而利，趁人不備給人以致命一擊。而嚴歌苓的《扶桑》講述的是一名在舊金山討生活的中國妓女的生命史。有一天，扶桑談起傑克・倫敦[8]時，她是這樣說的：

> ……他（傑克・倫敦）認為中國人是陰險的，懶散的，是很難瞭解和親近的，也不會對美國有任何益處的。然後我笑笑說：他是我童年最喜歡的一個作家，因為他對於狼有那麼公正的見解。

是的，文學名家中，應該沒有人比傑克・倫敦更了解在孤絕中真切體驗存在與活著的徹骨疼痛，也沒有人比他更加理解狼性的奧義與魄力，對狼的了解，傑克・倫敦稱第二，沒人敢當第一。荒野生活的說穿了非常單純：保持溫暖、吃飽肚子、待在屋裡睡到天亮、活著。極寒世界的生活中，狗是必須的伴侶，狼是預設的敵手，而狗與狼，又是那麼一體兩面的近親，只要一隻狗夠累夠餓，而且正被十幾隻餓瘋的哈士奇大狗包圍

6 | Tony Hillerman

7 | Coyote Waits

8 | Jack London

住，《野性的呼喚[9]》能夠把狗從人類最好的朋友變回一頭狼。而短篇〈快！生一堆火[10]〉中，在攝氏零下四十五點五度的雪地路途中，陪伴主角的則是一隻狼與狗的混種。

> 他身後跟著一條野狗，一條龐大的野狗，是狼和狗的混血品種，無論是從外型還是脾性，牠跟牠的野狼兄弟幾乎沒有區別。牠對這種極端寒冷的天氣很沮喪，明白這是沒有止境的旅行，牠的本能比人類的判斷更能告訴牠真相。

雪原的旅途毫無浪漫成分，狼狗的沮喪說明了那是一場非生即死的趕路，前方甚麼也沒有，但後方幾步遠處就是死神的追獵。

多餘的同情心會害死人，也會害死自己，同樣的道理可以直接採用在遠洋漁船上。

《海狼[11]》是充滿傳奇色彩的「魔鬼號」船長的外號，這個外號充分說明了船長的專業長才以及性格特質。海狼帶領著一票亡命之徒、獵人、邊緣人和從船難中生還的前富家子，在擁擠的密閉環境中、在惡浪與貿易信風之間的夾縫中求生、求財、求生命的價值，在海狼的船上，殘酷即是公正。

> ……（我）隔著褲子也能摸出膝蓋在日益腫大，我疼得幾乎昏死過去。我偶爾瞥見自己在房艙鏡子裡的面容，臉色像死人般蒼白，五官因疼痛而走了樣。他們肯定都看在眼裡，但沒人提起，也沒人理會。終於，

9 | The Call of the Wild

10 | To Build a Fire

11 | The Sea-Wolf

令我寬慰的是，後來我在洗碗時，「海狼」對我說：
「別為那點小事發愁。時間長了，你就會習慣的。走起來會有點跛，但你可以學學走路。」
「你們認為這是怪論對不對？」他補充說。
看見我點頭稱是，他似乎很開心。
「你懂點文學，是吧？嗯？很好。抽空我倆聊聊。」

如此，狼的幽默是富含殘酷魅力，又讓人難以抗拒的，因為他的好意是多麼不可多得，好像你是萬中選一的秀異之才。

當狼邀你聊文學，他必定是認真的，但當狼決定在一首詩的寓意上咬斷你的喉嚨，他也不會有任何猶豫。

驢背上的帥哥

The Hotness of Donkey Riders

《甄嬛傳》裡有件小事讓我在意。

第一集安陵容一出場就遲到，差一點趕不上選秀，她的理由是：「住得遠，一時叫不上腳程快的馬車。」我說啊（斜眼貌），憑著安陵容這樣的出身，怎麼可能叫得起馬車呢？依我看，她搭的是「驢的（讀音ㄉㄧˋ，驢子拉的計程車）」吧。

少女們有一種毫無科學根據的症頭，就是迷信王子，而王子必騎白馬。白馬稀有而顯貴，自然是王公貴族才能獨有，副將和跟班則牽匹灰馬，比較不顯髒，至於那些市井民眾，當然只有騎驢的份兒。《唐・吉訶德[12]》的主角吉訶德騎馬、僕人桑丘騎驢，身分高下立現，縱使桑丘是生活智慧王，但一有好處當然盡是主子大德，驢子腿短，騎在驢背上的人只能仰望，不能睥睨。

其實史上奇才多騎驢，驢背上經常有帥哥，杜光庭在《虯髯客傳》裡，刻意讓主角在中途才出場。那個晚上，李靖跟紅拂女在前往支持李氏反隋的路上，借住旅店，李靖正在刷馬、紅拂正在梳頭，主角虯髯客就這樣亂入，「忽有一人，中形，赤髯如虯，乘蹇驢而來。」紅鬍子大漢騎著孱弱小驢橫空入鏡，先坐下吃了一堆烤肉，餵飽了驢子，收了紅拂做乾妹妹、又與李靖商定了鴻圖大業，「言迄，乘驢而去，其行若飛，回

12 | Don Quijote de la Mancha

顧已失。一轉眼，人驢倆就這樣消失在夜色中，帥啊！

羅貫中的《三國演義》裡，劉關張三顧茅廬進行到「第二顧」，正值隆冬雪中，竟然又白來一趟，見不著諸葛亮，只能倖倖然，留下字條準備離去，只見一位老先生「穿皮衣、騎小驢、拎一葫蘆酒」正在哼唧一首詩，那首詩的最後兩句是：「騎驢過小橋，獨嘆梅花瘦」這位就是黃承彥老先生，他帥在哪呢？他親自把女兒介紹給諸葛亮當老婆，嫁女兒嫁得好，這也是天大的才華。帥啊！

詩仙李白騎著驢子來到華陰縣，不服縣吏稅收苛刻，被連人帶驢送到官府堂前，縣太爺看其錦衣紗帽，詢問是哪位官爺啊，何必為了一點銀錢過不去，詩仙叫來筆墨橫掃一番：「予生碎葉，身寄長安，天上碧桃，慣吃幾顆，月中丹桂，敢折高枝。曾使龍巾拭唾，玉手調羹，貴妃捧硯，力士脫靴。想知縣莫大於天子，料此地莫大於皇都，天子殿前尚容我走馬，華陰縣裡不許我騎驢。」（這需要翻譯嗎？讓我來：在碎葉縣出生，暫時住在長安，天上的碧桃我勉強吃幾顆行了，月中那棵桂樹我要折就會去折最高的枝葉。我曾用天子的毛巾擦口水、皇后幫我試菜色、貴妃幫我拿硯台、高力士幫我脫靴子，我看你這位知縣應該比皇帝還大，這個地方比皇都還了不起，天子的大殿前面我都能騎馬直接上，你華陰縣竟然要我下驢來啊？）搖滾巨星李白詩畢，簽下大名，丟下雙腿發軟的縣官，騎上驢子揚長而去。帥啊！

八仙裡面年紀最大的張果（老），他不但騎驢，還倒著騎。《唐書》裡有記載。張果少時家貧，赴濰溪拜師學釀酒，期間大病一場，病癒還願，在大方寺出家，出家後，偷吃寺內老僧的仙參，就這樣成仙了，而他的驢喝了參湯，則成了「神驢」。看來騎驢不只能讓俠客來去自如、讓老丈人風雅過橋、讓詩人文思泉湧，還能跟著主人一起成仙。

莫言的《生死疲勞》共有六次輪迴，主角西門鬧在第一次下地獄時就被閻王油炸成麻花，一拉就要碎，牛頭馬面於是在他酥脆的筋骨上澆上驢血，有點做成一塊驢血糕那樣的意味，把他這塊驢血糕丟回凡間的高密東北鄉，投胎成為一匹四蹄雪白、嘴巴粉嫩的小驢子，這一部，標題為〈驢折騰〉。

當驢是很折騰的，驢子腳程慢，卻能駝重物，所以一馬當先的騎士能出風頭，刻苦耐勞的僕役卻得背負著生活起居、日復一日，毫不得閒；驢子還很固執，脾氣來了，說不走就不走，威脅利誘皆無用，還老是拉屎。林海音的短篇〈驢打滾兒〉裡面，奶媽宋媽那個黃板牙兒老公，每次都「弄得滿地驢糞球兒」，但卻也每次都馱來禮物「從驢背上滾下一個大麻袋，裡面不是大花生，就是大醉棗」。

有些人不看輕驢子，獨愛驢子不搶鋒頭、能一起好好生活，可以當平淡生活中最好的朋友，他們知道驢子之所以固執，只是因為驢對危險的感知比誰都強。

在這本篇幅不長的書中，歡樂和痛苦是孿生姊妹，正
像我的小毛驢普拉特羅的兩隻耳朵一樣……

這是西班牙現代詩人希美內思[13]在《小毛驢與我[14]》給家長的刊頭語，這樣說過。在西班牙，小毛驢普拉特羅的知名度，能與唐・吉訶德齊名，一個西班牙人也許不知道詩人希美內思，但最少會在童年某個階段讀過一小段小毛驢的故事。這本以小男孩的視角為出發的第一人稱散文詩集，既有童真，又充滿哲思，好比把那位孤獨地在星際為失戀神傷的「小王子」，放到了安達魯西亞省貧窮土地上，這個地方河床乾涸、孩子衣衫襤褸，但是他們卻玩得不亦樂乎。小男孩多麼喜愛他的小毛驢啊，書的開頭他這樣描述普拉特羅：

> 普拉特羅很小，毛茸茸的，摸起來軟得像棉花，軟得像沒骨頭一樣。牠的瞳孔是無底的黑色，好似兩隻黝黑的聖甲蟲。
>
> 我把普拉特羅放開，牠一溜煙跑到草地上，用嘴親吻著地上的花草，有紅色的、黃色的、還有天藍色的……。當我親密地喊聲「普拉特羅」，牠就一路小跑步來到我跟前，不知道在高興甚麼……

騎驢者總願意與受苦的人同行，R. L. 斯蒂文森[15]的《攜驢冒險記[16]》記述了他騎驢行經最法國貧困山區的見聞，關於旅行，他是這樣說的：

> 我的旅行並不是要去往什麼地方，我是為旅行而旅行。要緊的是活動；是更親切地感受我們生活上的種種需要和障礙；是從文明這張羽絨床上走下來，以尋

13 | Juan Ramon Jimenez　14 | Platero y yo

15 | Robert Louis Stevenson

16 | Travels with a Donkey in the Cévennes

NOURRITURE
INTERDITE
BAUDET DU POITOU
Un âne en guenilles !
Sauvé in extremis
Exclusivement
reproducteur !
巴黎植物園的驢子

見腳下這個由花崗岩構成的、佈滿刺人礫石的地球。

這位半生都受肺結核和精神疾病而苦的文學家，只活了四十四歲，但他在三十六歲時就寫出了《金銀島》、《化身博士》等影響人類數個世紀的故事。

驢背上最有影響力的人士，莫過於耶穌基督，當他進入耶路撒冷時，便是騎著一頭毛驢，這是他做為凡人的最後一個星期，他進入城裡，把那些假祂之名霸佔聖殿的桌子給推倒，把神棍趕出去，這將為他招來災禍，但他毫無畏懼。

> 對錫安的女兒說，看哪，你的王來到你這裡，溫柔地，騎在驢背上，一匹驢生的小驢駒。
>
> ——〈馬太福音21:5〉

驢不只背來了基督，牠還背著伊斯蘭智者阿凡提，背著他橫跨歐亞非大陸。阿凡提其實不是名字，在維吾爾語裡是「先生」的意思，關於這位智者的出生地，從來沒有個定論，可能是新疆喀什、也可能是巴格達、可能是烏茲別克、也可能是土耳其，甚至連他名字的叫法也各有說法，唯一絕無異議的事實，就是阿凡提騎著毛驢。

> 阿凡提有一頭脾氣暴烈的毛驢，他把毛驢牽到牲口市場上託付給一個人，並囑咐替他把毛驢賣掉。
>
> 這頭毛驢對那些前來看牠的牙床和摸牠脊背的人不是咬就是踢，全把人家嚇跑了。那個人只好把驢還給阿

凡提說：「阿凡提，您這頭毛驢的脾氣太暴烈了，嚇跑了所有的顧客，我沒法賣出去。」

「我也沒想賣，我是想也讓別人看一看這畜牲的倔脾氣，體會一下它給我帶來的煩惱。」阿凡提回答道。

——《阿凡提的故事》[17]

俗世欲望就像驢，驢馱著生活，驢也馱著革命，驢背著孩子，驢也背著神的孩子，驢愛花草，但時不時，牠還會又咬又踢。阿凡提大智若愚，他知道自己擺脫不了這驢。

這麼許多驢兒的千古功名為證，我們必須要相信，有些人騎驢真的不為找馬，驢背上的視野，低點、慢點，智者才能把這個悲喜交加的世間看得更明白。

最後再提一件《甄嬛傳》的小事，貫穿全劇的仙丹妙藥、大病小病都靠它的「東阿阿膠」，到底是哪裡來的膠？答案就在唐代陳藏器著《本草拾遺》：凡膠俱能療風，止泄、補虛，驢皮膠主風為最。

驢皮膠是最最上好的阿膠原料，驢兒功績至此又添一件。

17 | Tales of Nasreddin Khoja (Afanti)

熊貓的政治生涯

Panda: A Political Life

網友「少年心」詢問：
我一直不明白，
熊貓長成那副黑白分明的德性有神馬用？
既不能偽裝自己，又不能恐嚇敵人
……難道就是為了賣萌？？？

人工飼育的熊貓有「三低」：發情率低、生育率低、幼兒存活率低，所以台北動物園的圓圓生寶寶「圓仔」，得費那麼大勁，隔離觀察好幾天，確信圓圓有能力照顧嬰兒，才讓母子相見。

熊貓是冰河時期留下來的物種，所以牠的黑白毛色就有道理了，白色部分能在雪地裡成為保護色，剩下的黑色部分由於「不完整」感，掠食者無法判斷是否為一隻動物，因而能夠爭取逃亡時間；然而在森林裡，黑白分明的毛皮卻十分顯眼，顯眼雖然不容易藏身，確也有助於熊貓同伴互相定位，或是彼此保持距離、不會互相打擾。

熊貓（又稱大貓熊，以跟紅色的小熊貓區別）是演化奇葩，牠是食肉目熊科，卻只吃竹子，為了吃竹子，熊貓在原有的五隻手指外還特別「準備了一隻拇指」，生物學作家史帝

芬・古爾德[17]著有名篇《熊貓的拇指[18]》，經他說明，原來這「拇指」並不是真的指頭，而是一條籽骨，牠的近親熊科也有同樣的骨頭，但是卻沒有像熊貓延伸得這樣長，這個「餐具」本身不是非常靈活，但上面有個肉墊，能把滑溜溜的竹子抓緊，還能自由調整角度，讓熊貓君吃得乾乾淨淨。

熊貓跟人類的關係一直非常密切，史前時代熊貓曾在河南一帶大量繁殖，以打獵為主業的古代人當然也吃了不少熊貓肉，皮和骨也都好好利用了，也許當時原始人部落裡，穿一件黑白皮草的獵人比穿豹紋虎紋神氣吧，不過這只是我的想像。

很諷刺的是，熊貓因為人類捕獵而瀕臨絕種，但也因為人類的介入支配而免於絕種。

在文化大革命席捲中國大小城鎮，下鬥上、人批人的時候，在四川的山坡上，熊貓啃著竹子安然度過，一九六三年，臥龍熊貓保育基地成立，基地位在四川省阿壩藏族、羌族自治州汶川縣西南部，邛崍山脈東南坡，大多數居民務農。臥龍地形崎嶇、地貌複雜，有很豐富的生物多樣性，不只對熊貓好，對金絲猴、羚羊等各種動物也很適合，境內植物更有上千種，是天賜的生物樂園。雖然此地先天優良，一開始卻礙於保護知識和經驗不足，農民轉職的工作人員缺乏愛心，很多熊貓長得不好，活得不長。

一九八四年夏季，由於嚴重缺水，臥龍的竹子突然大批開花，開了花的竹子會快速枯萎死亡，熊貓無法食用，據說餓死了一部分熊貓，引發媒體關注，也開啟了民眾呼籲「搶救大熊

17 | Stephen Jay Gould
18 | The Panda's Thumb

貓」的熱潮。其實中國的竹子種類繁多，只是一部分開花並不會對熊貓造成全面的糧食危機，但熊貓攝取的食物單一，確實讓牠的物種處於非常脆弱的地位，藉由一次竹子開花事件，讓群眾開始監督動物權益，不由得讓我感念竹子捨己為熊貓的犧牲啊。

現存的熊貓是中國特有種，對西方世界來說，這個奇異的生物就像中國這個國家一樣神祕難解，又很吸引人。上個世紀初，有外國人入境中國冒險走私熊貓皮，或者更有野心的人，想活捉一隻熊貓帶回國。茹絲・哈克尼斯[19]是一名社交名媛，一九三六年，她在紐約過著燈紅酒綠、蓋茲比一般的生活，她有錢的丈夫比爾為了捕捉熊貓而前往中國，卻在上海死於喉癌，茹絲原本是一個連過馬路攔計程車都嫌麻煩的貴婦，但此刻她卻決定完成丈夫未竟的夢想，搭船到了中國，雇用了一名美籍華人楊昆廷，與一位英國籍的自然學者，翻山越嶺，穿越四川省一路尋找，直到西藏邊界，終於捕到了一隻九週大的熊貓寶寶，這隻史上第一隻活著出國的熊貓，在海關文件上寫的是「一隻沙皮狗」，到達了美國，小熊貓沒有被裝在籠子裡，也沒有像金剛那樣被拴上鐵鍊，牠是一路喝著嬰兒處方奶、被抱在茹絲懷裡跨越海洋的，貴婦茹絲身上還穿著上好的皮草，也許這樣更有熊貓媽媽的氣氛吧！這隻熊貓叫做「蘇林」，是那位嚮導太太的名字，而這個故事就叫做《貴婦與熊貓[20]》。

熊貓不僅僅是中國的代表標誌，世界自然基金會（WWF）的會徽也是一隻熊貓，這個設計的原型是熊貓「姬姬」（Chi

19 | Ruth Harkness

20 | The Lady and the Panda

Chi），姬姬的生命就像一首淒美的出塞曲，請聽我道來這位熊貓界王昭君的故事：

姬姬是女生，一九五四年生於四川，後遷居北京動物園，一九五七年蘇聯最高蘇維埃主席訪問北京，姬姬和另一隻熊貓平平被當成國禮送往寒冷的莫斯科，沒有料到，在莫斯科，姬姬被誤認為是男生，而被退回北京動物園。到了一九五八年，一名奧地利動物商看上了姬姬，他用三隻長頸鹿、兩隻犀，加上河馬和斑馬換得了姬姬，在姬姬被換走之後，中國才立法明定禁止獵捕、買賣或交換熊貓，自此全體中國熊貓如同一出生具備公務員資格一般，由國家統一飼養、分配，依照保育或外交目標遷徙或交配，但是那時姬姬已經又被商人轉賣給英國倫敦動物園了，價錢是一萬兩千英鎊（姬姬本身沒分到半毛），以為姬姬漂泊的命運可以結束了，結果竟然還沒！英國跟蘇聯協商，勞駕姬姬「又」回去莫斯科，跟一隻男熊貓「試婚」，前後奔波兩次北方冰都，無奈兩位熊貓一點也不來電，還打了一架。最後姬姬終於回到倫敦動物園，一九七二年壽終正寢，她的遺體被製成標本放在皇家自然博物館裡，一波三折、終生顛沛的和親生涯終於畫上句點。

英國的動物園經營者認為，熊貓做為個人財產的時代已經過去，為了挽救這個物種，全世界的熊貓應該要團結起來、一同努力，以這種標準看來，熊貓「佳佳」真是一位封建育種戰士。

佳佳這位男士，在一九八一年搭專機到華盛頓跟母熊貓「玲玲」交配，後來由於兩方感情不睦而改採人工授精。第二次佳佳前往西班牙馬德里動物園捐精，產下一女；隔年西柏林的熊貓「天天」大出血，佳佳和另一隻熊貓捐血二點五公升去救天天；佳佳還另外捐了一盒冷凍精子回他的家鄉四川熊貓基地；到了一九八九年，為了在拮据預算下幫助墨西哥動物園一票少女熊貓懷孕，佳佳先到美國辛辛那提表演一段時間賺足旅費，再到墨西哥進行物種繁衍大事，墨西哥的熊貓幼仔誕生時，佳佳已經高齡十八，算是老來得子，不過動物園還不死心，又從中國找來一隻美女「明明」，當明明降落在倫敦機場時，佳佳卻突然死了，情急之下，趕緊找來柏林動物園的熊貓「寶寶」先生「代勞」。這樣亂點鴛鴦譜的配種行為，乍看既原始又粗野。但其實只要看過早期四川母熊貓發情狂亂卻被鎖在鐵籠裡撕咬推撞、無處可去的模樣，就會欣賞英國和德國的動物園，為了幫熊貓找伴侶不辭辛勞、不遠千里的精神了。

現在的四川臥龍大熊貓研究中心已經進步很多，成為領先科技的示範單位，各種增加熊貓繁殖機率的科學方法在這裡實施。以前是把野生熊貓帶回基地研究保護，現在還得把基地生養的熊貓家族回放森林。為了進一步恢復熊貓物種獨立生存的能力，工作人員使出各種招式，飼養員全都穿上泡過熊貓尿的熊貓裝，以避免熊貓對人類產生依賴，他們一次次、循序漸進地帶熊貓到山林進行「野地實習」，穿著熊貓裝的工作人員在竹林中看起來十分醒目，好似《震撼教育[21]》的電影海報，也許旁人看來有點可笑，但情願穿著有尿味的動物裝工作的人，想必是認真到不行的。

我曾在歐洲不同城市的牆上看過同樣的熊貓標語：「消滅種族主義，要像隻熊貓。他是黑的、他是白的、他還是亞裔的。」我在微博上傳了這張圖片，有一百萬人次的點閱，也許熊貓真的已經取代紅星和城牆，成為最多中國人認同的中國特色吧，又或許，熊貓的形象和生命，永遠也擺脫不掉人類和人類硬要付予他的各種政治色彩，即便他生來就是黑與白的那樣簡單（熊貓也有棕色的）。

「Blanco y Negro」（西班牙語：黑與白）是《貝波與西格拉[22]》二人組的現場演出名稱。西格拉[23]掛在白西裝肩上的帥氣長髮，烏黑油亮還自然捲，他吟哦著吉普賽民族百年漂泊的深沉唱腔「Cante Jondo」，散發無限浪子魅力。貝波[24]光頭白鬍子，他不只自己是傳奇而已，還是傳奇樂手丘喬・巴爾德斯[25]的爸爸，經歷逃離古巴政權流亡的大半生之後，他與年紀小五十歲的西格拉組成雙人組，在黑白的琴鍵上敲著古巴爵士黃金時期最輕快美好的節奏。人生不是非黑即白，但是有時候，黑白能比彩色更加鮮明。

22 | Bebo & Cigala en Vivo

23 | Diego El Cigala　24 | Bebo Valdes

25 | Chucho Valdes

XIII

羅馬生態公園

生活在永恆裡

Bioparco di Roma

Days in Eternity

我在羅馬一處童軍中心，等待櫃檯人員給我正確的房間鑰匙，這裡潔淨、寬敞、採光充足、有秩序，不過人畢竟還是義大利人，凡事都需要預設一到兩次更正的機會。

在羅馬我遇見一個三十七歲的波蘭女人獨自旅行，她堅毅的眼神透露著多難母國孕育出的苦情色彩，她說她在二十歲時跟一個騎「山崎」重型機車的男孩戀愛，即使雙方家人都極度反對，他們卻堅信不移，男孩在一次騎行中將全身骨骼摔裂成數十個碎片，她在極度哀傷之下輟學，她原本的主修是文學。這位放棄文學的女孩在三十歲搬到荷蘭之後才開始學英文，現在已經十分流利，她強調雖然現在的男朋友每年都掏空存款地前往希臘駕船航海，但這個男人忠實地愛了她七年，而現在她終於有點開始墜入情網。

另一個利比亞人則從二樓的男子宿舍走下樓，在沙發上呆坐，他的阿拉伯長相稍偏兇悍，他的神情卻又憂鬱至極，他死命拜託我，聽他訴說一個後革命時代穆斯林男子的難處，他今年才三十歲（令我十分驚訝，因為他看起來如此蒼老），在羅馬近郊一個我不記得名字的小城市念書，主修是機械。他知道就算順利畢業，即將破產的義大利就業市場，比起他動盪的北非祖國也好不到哪去，何況他既不是最優秀的學生，也不是最不要臉的生存高手，而他最大的憂慮就是沒有錢，一個沒有錢的穆斯林男子是討不到老婆的，一個都沒有，哪來的四個，更何況，現在還有「女性主義」。

「為什麼女人要出去工作就說不帶孩子？那到底要誰來照顧孩子？我是絕對不可能帶孩子跟做家事的。」他眉頭深鎖，憂心國家民族的未來。

先不管現代人怎麼樣辛苦，大部分來羅馬觀光的人都是為了古蹟。而我跟古羅馬人有兩大共同愛好：一、愛去澡堂，二、愛看動物。

據說在西元四五五年羅馬陷落之後，全城慘遭肆虐，而後城裡只剩下七千多名羅馬人，但是去澡堂洗澡，去競技場看鬥獸的休閒生活依然繼續，帝國雖已不在，但是羅馬依然存在，澡堂、醇酒和美色腐化了偉大的帝國，但那些卻是羅馬生活最令人難以割捨的部分。無論戰爭與和平、新教或舊教、東方或西方，無論誰來侵略、誰來統治、誰來建設，羅馬，作為一個城市，它一直都在，所以羅馬被稱為「永恆之城」，但什麼是永恆呢？

漢語辭典對永恆的定義有二，兩者組合讓人心驚膽跳。

◎ 永恒 *yǒnghéng*

（1）〔*permanent; everlasting; perpetual*〕永遠不變；永遠存在

（2）〔*die*〕死亡

維吉爾[1]的史詩裡，眾神之王朱比特這樣預言了羅馬的永恆：

I've fixed no limits or duration to their possessions:

I've given them empire without end.

神說祂不為羅馬定期限，祂給予羅馬一個沒有終止的帝國。

1 | Virgil

但是此時此刻，羅馬中央車站外並排的遊覽車引擎轟轟響著排出灰煙，來自法國、瑞士、東歐、義大利各地的列車紛紛進站，裡外遊人如織，吉普賽扒手與三七步歪站警察目光對峙，羅馬帝國，早已不在。

永恆的不是共和，也不是帝國，那是建築嗎？是信仰嗎？

到了羅馬當然要看古代遺跡，這裡的遺跡是看不完的，隨便地下一挖都有古蹟，所以羅馬雖然是歐洲人口第四多的城市，修到現在卻只建成兩條地鐵，在這裡我還見到了最不留餘地的地鐵車廂包版塗鴉，羅馬競技場[2]是其中一個重要的地鐵站，雷利・史考特[3]在為《神鬼戰士[4]》勘景的時候曾經嫌棄競技場的本尊「太小」，但其實對於一個渺小的觀光客我來說已經夠大，一出地鐵站就能看見那缺了一角的橢圓形劇場襯著天空的顏色，那缺口那麼完美，彷彿是上天故意為之的手段，當月亮升起的一刻，那破裂的斷面隱約透出血色一般的紅色調，彷彿正如那句「幾時有競技場，幾時便有羅馬」所說，它還滲出血光，它還活著。但其實現在所見那能把渺小人類一口吞沒的拱門，和密佈在腳下的乾涸水道和通道，三分之二都是十九世紀重建的結果，現在將大理石凝結在一起的混凝土，是摩登時代的產物，而不是古代火山泥混入馬毛的骨董。

羅馬動物園也剛超越一百年歷史，不過在羅馬兩千七百年的歷史中，一百年實在如同九牛一毛。大約在光緒賢臣籌辦北京動物園、向德國商人買動物的同時，生意遍及三大洲的德國動物商哈根貝克，正為羅馬規劃一個嶄新的摩登動物園。跟當時其他以科學研究為主的歐洲動物園不一樣，羅馬動物園從一開始，就以服務市民、休閒娛樂為

2 | Colosseo

3 | Ridley Scott

4 | Gladiator

建設宗旨，所以讓動物「看似」自遊自在地園內的綠蔭草地上漫步，這種「牢籠最少化[5]」的設計原則，也把羅馬市民那種享樂的天性服務得很妥貼。動物園位於鮑格才別墅[6]所在的蘋丘[7]北坡，這是全羅馬第二大（一說第三大）的森林公園，意大利作曲家雷斯畢基[8]曾以此松林為題譜寫交響詩，描述一個晴朗的早晨，孩童在松樹間追逐著，一邊吟唱兒歌，一邊玩著扮演軍人的遊戲。那個晴朗的早晨，其實是一個法西斯的早晨，那一年是一九二四年，法西斯黨在義大利以三分之二多數贏得大選。法西斯政權持續到第九年，對非洲衣索比亞發動了侵略戰爭，就在同一年，景觀建築師拉斐爾・狄・維可[9]在擴建工程中設計了兩棲館和大鳥園。

我試著從西班牙階梯延著登山步道翻越，寬敞的車道上時髦跑車和大型遊覽車不斷地呼嘯而過，拿著報紙閒晃的大叔和出租協力車的小哥都不斷地搭訕路人，慢跑者用耳機隔絕大自然的蜚音與噪音，專心地征服前方的道路，我走了一個小時，經過那幾個收有提香、拉斐爾、卡拉瓦喬等國寶作品的美術館，標示不斷地告訴我，前往動物園還要翻過一座山。當我終於找到動物園入口，買了八歐元的票進入園內，這個近幾年才重新翻修的百年動物園，乍看跟其他新建的城市動物園沒有甚麼不同，綠色的圍欄、小家碧玉的入口、沒有廣場也沒有噴水池，只有現代動物園標準配備：一台不排廢氣的遊園小火車，我懷疑自己的信念不夠堅強，或是這景象太不羅馬，沒有關於古代的哲思，而是潮流的縮影。現在動物園的模樣，大致確定於一九九七年九月的全面翻修，除了外觀現代化，重要的是將動物園的宗旨從娛樂性強的「百獸園」轉型成一個肩負多樣性使命的「生態公園」，他們不

5 | Minimal Caging　6 | Villa Borghese
7 | Pincio　8 | Ottorino Respighi
9 | Raffaele De Vico

再以珍奇動物或是物種數量為努力目標，而是有選擇的以瀕危物種為優先照顧對象，現在園內約有兩百一十八個物種，據說為了送負傷動物進園治療的人不需要買門票。

新的設施還增加了許多非常體貼家庭孩童的設計，可惜我發現園內的孩童並不多，我所預期的校外教學團一個也見不到。義大利國民是否失去了他們優良的行動主義本能呢？雖然義大利男人永不厭倦的耍帥持續，將每一條斑馬線當成伸展台走秀，義大利女人依舊踩著四吋高跟鞋行走凹洞遍佈的石板路，堅持性感與強悍兼備的意志。義大利男女從來不缺費洛蒙，但這樣一個曾經熱愛生育的國度在二〇一三年的出生率卻十分令人憂心，隨著經濟危機升高，義大利的出生率竟然下降到平均每位婦女生育一點四一個嬰兒，在全世界排名第兩百零三。

我走上一道木質階梯，階梯的寬度和坡度走起來完美舒適，當你在高台上的長凳坐下，視線能與長頸鹿的眼神齊平。我坐在那裡看著長頸鹿緩慢地嚼食，發了一會呆，接近閉園時間四下無人，殘暑的南歐天依舊亮得令人炫目，這是我造訪的第十四個動物園，我突然覺得，是說再見的時刻了。

我回想起展開這場動物園巡禮的當初，在倫敦，也跟現在一樣坐在長頸鹿的屋子裡，當然這隻長頸鹿跟那隻長頸鹿完全不同，我以後也許還會見到別的長頸鹿，但那一隻跟這一隻，又會是不同的長頸鹿。從來沒有兩隻長頸鹿是一模一樣的，也從來沒有兩個動物園能夠互相替代。

「你覺得呢？」我問兩隻長頸鹿之中頭比較大的那隻，牠身邊那隻小的是牠的孩子，今年五歲，在羅馬出生。

長頸鹿邁開牠的長腿，小的緊跟在旁，牠們走路的步伐不慢，只是因為帶動了氣流，總讓人覺得是凌波微步。

我覺得自己好像已經準備好，要回到人類的身邊。

在永恆之城說再見，沒有比這更適合的地方。

其實我大可不用流汗攀爬整座蘋丘，動物園後門處就有一個電車站，三號路面電車能把我從這裡帶往古競技場。古競技場曾經是集體飼養動物的地方，吃肉的掠食者和吃草的被掠者，同在那沒有天日的地窖裡吃喝、繁殖、茁壯之後，激烈地死去，牠們之所以在那裡生，就是為了在那裡死，光在競技場落成的頭一百天慶典中，就有九千多頭動物死去，而那些人類奴隸、戰士與被抓的教徒也是如此，數十萬人曾經先後葬身在這巨大的圓形墳塚裡。當現代觀光客花了十二歐元排隊進入，掛在鐵欄杆上用手機拍照，那些曾經關押獅子、老虎、異教徒的格子間頂已被打開，裡面的石塊與草木完全暴露在空氣中，像是一個個枯骨失散的墓穴，死亡真的帶給死者永恆了嗎？

他們說在一八七一年重修競技場時，整個廢棄遺跡上，已經被四百多種植物給層層疊疊地覆蓋，為什麼能達到如此驚人的多樣性呢？那些從異國被帶到這裡的珍奇猛獸，同時也挾帶許多外來植物種子，而荒廢了幾百年的橢圓形劇場，就像一個溫室一樣，形成了不受周邊天氣影響的微型氣候圈，在這裡死去的生命留下了鮮血與骨肉，成為土壤中的養分，長成樹與草，往天空的方向竄去、開出花來、再結成果實、留下種子，永恆的其實不是城市，而是物種生生不息。

哪一個人不是因為對人類有點失望，所以轉頭面向動物的方向？

我承認我也有那麼一點逃避的心情，但是到頭來，動物園是那麼好的地方，溫柔地陪我走過這麼漫長的路。在永恆之城羅馬，其實沒有任何一件事情是永遠不變的，但只要人類繼續帶著新生的孩子，來到這個地方探望動物新生的孩子，整個地球就會再往永恆接近一點點。

黑色的白鷺鷥

Oil-Covered Little Egrets

這個時代所有大規模的戰爭，不都是因為石油而爆發的嗎？伊拉克戰爭電影《鍋蓋頭[10]》中，為了不讓石油落入美軍手裡，伊拉克軍進行焦土政策燒毀油田，在原本就已經很熱的沙漠戰場上，油田一個個爆炸燒了開來，衝天的黑煙和火焰裡走出一匹落單的馬，向傑克・葛倫霍[11]扮演的陸戰隊員走去，當馬走到跟前，他情不自禁伸手撫摸馬身，才發現馬已經全身沾滿了石油，他跟馬說：「不要緊，沒事了。」他心裡知道，這匹馬就要死了。

死於石油，是一種緩慢又骯髒的死法，看見原油覆蓋下死亡的動物，有如親臨石油時代的新版伊索寓言。

美國路易斯安那州沿海的墨西哥灣上，溫暖的海水守護著豐富的自然生態，附近多處設有海洋生態保護區，這條海岸線有著黑鮪魚、海豚、抹香鯨、環頸雉、棕鵜鶘、棕頸鷺、海龜、加上各種浮游生物，組成了複雜而環環相扣的食物鏈。

二〇一〇年的春天，正當產卵的好季節，四月二十日的夜裡，在這個海灣上，英國石油公司的石油鑽井平台爆炸，當下造成十一人下落不明、後宣告全部死於爆炸，九十四個油井工作人員獲救撤離。爆炸之後兩天，位於海面下一千五百二十五公尺的受損油井開始大量漏油，一週後，漏油點增為三處，

10 | Jarhead
11 | Jake Gyllenhaal

這是少見的深水漏油事故，比起之前任何一次漏油都還要難處理，到了六月二十三日，各種控制計劃皆失敗，原先用以暫時阻絕漏油的水下裝置故障，拆除修理時，更多原油隨之滾滾湧出，基於油水分離原理，原油蔓延、擴散，直至覆蓋了墨西哥灣海域，美劇《新聞急先鋒[12]》第一季第一集就用這個大事件開場。

這是人類發現石油以來，最大規模的漏油事件，從四月二十日直到七月十五日共八十六天後才真正宣告防堵成功，這段期間內，每天流出原油以兩千五百萬桶計，英國石油公司損失超過九點三億美元。

為了石油，什麼大小事都敢做的美國政府，這一次終於礙於壓力暫停三十三個境外深水油井的工程，想到損失的石油和金錢和油井，想到今後必須付出的賠償金，還真是心痛無比，但是這一切的一切比起漏油帶來的生命危害，以及對日後生態環境造成的永久破壞，龐大的經濟損失實在不應該提。

這一次，路易斯安那州有一百六十公里長的海岸線受到汙染，原油汙染海面估計長兩百公里、寬一百公里，且每一分鐘都在擴散，不只是水質汙染讓大批水生動植物急速死亡，浮在水面的原油，也不斷摧殘鳥類和兩棲動物的生命，原油隨著海浪沾染了海灘，成為難以清除的重工業汙染，即使動物沒有直接接觸或食用原油，整個環境裡的食物鏈都已經遭受汙染，那些剛離母體的蛋蛋和小朋友，全都面對極度嚴苛的環境考驗，很多大小生命直接上了天堂。除了油的威脅，為了緩解漏油而投下的油類分解劑也十分危險，這種化學物質可能分解烏龜和魚的身體組織，或是被誤食之後使得海生動物死亡，無論從哪一個方面看，這個事故就是一場夭壽大的生態浩劫。

當我們說「生態浩劫」的時候，腦中經常只浮現動植物的身影，或是自然環境的模樣，有一點經常被忽略，就是我們忘記自己的也是「生態」中的一分子，所有原油會帶給動物的嚴重傷害，放在人類這個物種身上也同樣成立。在災難當下奮不顧身的情操確實是人性中特別光輝的一面，但就像飛航安全指示必須一而再、再而三地宣導：「緊急時請先幫自己戴上氧氣罩，再幫助孩童」，大人，特別是帶著孩子的大人，想要保護幼小是合情合理的正常反應，但是，拜託先求自保再幫助他者，才是長久的科學辦法。

在墨西哥灣漏油事故期間，學者專家透過「探索頻道[13]」宣導，希望沿岸居民看見受漏油汙染的動物，應該撥打專門救援人員專線通知，不要自行救治，否則自身也會受到原油汙染，若有意擔任志工，應該到專業機構接受相關訓練。救助漏油汙染的動物，最重要的就是時機，原油覆蓋動物身體之後，致命毒素從全身皮膚滲入體內，而當動物嘗試清除這些油汙（用舌頭舔，或是用喙啄）時，還會吃下原油，死亡更快。

對於那些還有救的漏油受害動物，專家有七步驟的救助流程，如果有需要，也適用於人：

第一步：搜救，快速而有效地搜索、集中受災動物到醫療中心；

第二步：全身健康檢查；

第三步：保暖、餵食、補水、休息約四十八小時——這一步很容易忽略，救治不能急，要先讓動物有足夠體力；

第四步：將動物放在混有稀釋清潔劑的熱水中清洗，洗法當然需要專業訓練，洗鳥和洗烏龜也是各有訣竅的；

第五步：清洗完的動物放置在戶外池或是室內區域，每隻動物的恢復期不一定，從幾天到幾個月都有可能；

第六步：放歸前健康建查，包括為動物戴上追蹤腳環等；

第七步：放歸後追蹤檢查，看看動物是否活得好好的。

無論在哪個海濱，白鷺都是常客，墨西哥灣有棕頸鷺（白鷺屬）而淡水河入海口處的紅樹林，則是大中小白鷺的樂園，在我念的國小，有位鄉音很重的自然老師，他總是是這樣說：「關渡常見的拜盧（白鷺）分別有，大拜盧、中拜盧、小拜盧。」鷺科是中到大體型的鳥類，特徵是有三長：腿長、頸長、喙長，因為這些生理特徵，讓白鷺在汙染事故中有著比其他的鳥類更好的生存條件，這也是為什麼新聞上常有被黑色油汙覆蓋全身的白鷺獲救，而其他的小型水鳥可能已經斃命。

有一陣子在鄉下過暑假的時候，我跟表姊你一句我一句地在哼唱

船長要抓狂　船長要抓狂　船長要抓狂　哦……

船長要抓狂　船長要抓狂　船長要抓狂　哦……

〈船長要抓狂〉是「新寶島康樂隊」第一張專輯裡面的歌，工業建設時代的台灣，船長在淡水河畔的五股汐止工業區下游走船，讓他抓狂的事情多又多，有那個誰要拖垃圾來倒在紅樹林、有那個化學工廠要犧牲祖先的墓仔埔、還有阿娥去工廠工作三個月目瞯煞來失明（眼睛突然失明），不肖子還說阿爸啊那條臭溝仔只有你敢下去捕魚，但是將船長逼到抓狂巔峰的，是一隻白鷺鷥。

突然間船仔來劃到這　一隻黑色的白鷺鷥

棲在船頭　黑色的白鷺鷥

淡水河上並未發生過漏油事故，但是受汙染的白鷺鷥絕對存在，新寶島康樂隊寫盡經濟起飛世代各種多情傷感，唱著要去到「水泥山」，唱說「沒有賺到一佰萬是打死絕對不回來」。

不是很久以前，「台灣夢」的舊版本還相信工業發展、到水泥山去打拚，就能夠讓子孫過上更好的日子，而甘願交出祖先的土地和自己的健康。一九八三年，民間學者發起的保護紅樹林環保運動展開，被大量破壞的淡水紅樹林開始有了轉機，隨著工業外移、淡水河上游工廠大量關閉，關渡被規劃為自然濕地保護區，重新變成大中小白鷺的家。自從那首歌之後已經過了二十年，船長好過一點了嗎？

二十年後的台灣，逐漸擺脫了工業汙染，卻迎面碰上新的危機，夭壽大的危機。

新寶島康樂隊來到堂堂第九張專輯，一曲〈應該是柴油的〉是「核電歸零」廢核運動的主題曲，在日本福島核電廠爆炸後，台灣核電廠也開始傳出各種荒謬的安全疏失，世界三大危險核電廠，有兩座在台灣，還繼續運作，更不要提那坑坑巴巴還要追加預算，不顧一切一定要完工的核四廠，到底為什麼各種事情都比生命重要呢？

平平都是父母生　你真正有卡鰲
阮若問你道理　你說ABC
倒來倒去倒在衰尾的蘭嶼
三歲囝仔也知道那是毒土
若是那麼妥當就放在總統府
那會驚到住在美國　怕走不離

黑色並不可怕，可怕的是在白鷺鷥身上看到永遠洗不乾淨的黑色油汙，那被認為價值連城、願意犧牲（別）人（性）命也要先下手佔有的「黑金」，所經之處，都留下了洗不掉的死亡印記。

很快地，那隻黑色的白鷺鷥又會飛回船頭，船長會再度抓狂地扯著自己花白的鬍鬚，因為這次，白鷺鷥不但是黑色的，核汙染還給了牠兩個頭和三隻腳。

當候鳥成為留鳥
When Migrating Birds Stay

鳥園的外觀總是有點與眾不同，畢竟要限制飛禽的自由、又希望牠們能在觀眾面前展翅，將這矛盾的兩種需求折衝一下，就產生了足以榮獲世界鳥園設計金牌獎的倫敦動物園史諾登百鳥園，在一九六四年完工，使用鋁質骨幹的張力支撐網子，是建築結構上的創舉，往四面八方延伸出三面或四面體，給鳥族更多飛翔的空間，遠看就像是雷神他家的神仙教母所戴的紗帽，當年主導設計（通常也要負責出資）的貴族史諾登[14]爵士也因此名留鳥史。

近代動物園的誕生，皆要歸功於菁英階級，而動物園從私人收藏所轉變為公共場域，也要感謝那些不為吃穿發愁，又受過高等教育、具有開明思想的知識分子。《政治動物：美國動物園與水族館的公共藝術[15]》一書，從歷代美國各大動物園裡的裝置與美術作品為出發，探討動物園與公眾政治的關係，也羅列了許多歐美動物園的沿革。早期歐洲動物園多源於私人鑑賞用途，美國這個以民為主的新國家則十分不同，美國許多動物園，從規劃到創立都基於公眾空間的概念，以服務市民為目的，例如紐約最大的動物園布朗克斯動物園[16]的創辦宗旨，便是一群學者基於「保育美國特有動物和教育」、為了彰顯上帝創造自然萬物，而創建了動物學會，並進一步集資開辦飼養動物

14 | Snowdon

15 | Political Animals: Public Art in American Zoos and Aquariums

16 | The Bronx Zoo

的公園，基於同樣的公眾精神，這些東岸新英格蘭菁英也推動動物保護法案，如呼籲「狩獵證照化」，以管制美國西部那些以射擊為樂的牛仔。

布朗克斯動物園於一八九九年開園，而我們敬愛的教父大人維多・柯里昂[17]就是在這個年代出世的（根據電影《教父II[18]》的內容，他在一八九二年十二月出生），教父故事發生的時代，是義大利移民——請注意：義大利移民並非全都是黑手黨——快速擴散至全美各地定居的年代。義大利這個南歐國家，盛產帥哥和美食，帥哥率先渡海上岸，隨後將愛吃的傳統一併帶到美國，並且在最熱門的上陸點——紐約市——發揚光大，吾友作家沈意卿有名言之：「紐約最棒的地方就是義大利。」

當時擔任動物園第一任園長的是動物學家威廉・坦波・洪納戴[19]，他經常必須苦勸義大利人不要帶槍入園，因為義大利人總是以為，動物園是開來給他們獵捕鳴禽[20]回去做布雷西亞串烤[21]的。

愛護動物的你，可能會想要掐著義大利人的脖子搖晃，大聲地問：「小鳥那麼小、那麼可愛，你為甚麼要吃他們？」

這道南義料理最早可回溯到十四世紀，統治階級認為他們既然擁有領土，領土上的動物當然也歸他們，農民散戶太窮買不起肉吃，又被領主禁止獵捕任何地面動物，包括那些平常會飛，但會停留在地面的中大型鳥也在禁獵範圍，這不是不給人活路了嗎？但是大家都不敢不從，當時的領主維斯康堤[22]家

17 | Vito Andolini Corleone　18 | The Godfather: Part II
19 | William Temple Hornaday　20 | Songbird
21 | Lo Spiedo Bresciano　22 | Visconti

族以殘暴聞名，野史記載他們懲罰盜獵者的方法無奇不有，包括把人肢解、或是命令盜獵者帶毛吞下一隻活著的野兔直到噎死。可憐的窮人不得已，只好拉起細網，捕那些沒幾兩肉的鳥來吃，農人捕鳥還有另外還有一個正當的原因，就是可惡的小鳥們會吃農作物和種子，是農人天敵。所以事實上，小鳥雖可憐，農民更淒苦，擺脫貴族統治之後，淒苦淡去了，但這道菜譜卻成為一種名產流傳至今。

義大利人極愛吃鳥類，只有一種鳥類他們不吃，就是海鷗，聽說是因為海鷗攻擊性強，而且會為了群中的一隻海鷗集團復仇，光是這一點也很符合意大利黑手黨的刻版印象，不過現在不是講這個的時候。一個世紀以來，環保人士護鳥行動持續不斷，隨著環保意識終於普及，在各方呼籲譴責之下，現在已經很難在食譜上看到任何雞鴨鵝以外的禽類料理，即使是一九九一年香港翻譯出版的《自製禽類西餐》裡面，也只看得到鵪鶉和鴿子等人工養殖的小鳥，沒有野生鳴禽，但鳴禽料理也如同燕窩魚翅，殺頭生意有人做，盜獵鳥的買賣和料理只是遁入地下經濟，並沒有被消滅，一項證據就是：直到二〇一一年，在義大利還是有一萬隻鳴鳥被捕殺的紀錄。

日前看了電影《候鳥來的季節》，看到了雲林縣口湖鄉，那個記憶中曾是處處車過水飛濺的「地層下陷」之鄉，二十年後的現在，已正式成為水鳥棲息的家。誠如電影主題，離鄉打拚的孩子就像候鳥，有些候鳥維持遷徙的習慣，有些則在異鄉定居成為留鳥，當初那些帶槍逛公園的義大利佬們早已繁衍多代，成為真正的老牌紐約客，而新的候鳥依然不停地造訪大都會，掙扎著或雀躍著，指望求取一席之地。

又是候鳥來的季節，諸位獵人們，還請網開一面，放過數量稀少又瘦弱無肉的小鳴禽，在牠們短暫的生命週期裡，牠們都將乖巧地站上枝頭，為我們歌唱。

以上雖然不是比喻，但也可以是個比喻。

XIV

台北動物園
一座城市的回憶

Taipei Zoo
Memories of A City

台北教會了我大部分人生所需的基本常識。

那時的圓山動物園跟兒童樂園相連，中小學當日往返的校外教學，總是在看得見圓山大飯店的地方，它像一台赤紅色的豪華雞籠佇立在山丘頂上，中影文化城、故宮博物院、天文台、忠烈祠、還有一九八三年落成的台北市立美術館，它的上層結構，像一管通往異次元的通風口，將圓山的天際線變得摩登，美軍協防台灣司令部、中山足球場、八層樓高的海霸王海鮮餐廳，在寬闊筆直的中山北路上勾勒出都會生活的發展脈絡。我們總是搭公車去圓山，開車如逃命的欣欣客運司機在新生高架道路的彎道上教會了我甚麼叫做「離心力」，那是我離基隆河水最近的一刻。我還學會一個詞叫做「戒嚴」，同樣年代的人可以有的人學鋼琴、有的人學跆拳道，有人寫書法、有人在走廊上打彈珠，但是為甚麼惟獨動物園是「每一個人」都去過的呢？為甚麼動物園是全面、普遍的經歷呢？多年之後我才把這件事和這個詞連在一起，想起原來在那個時候的台灣，出版和海外旅遊是受到管制的。

我是從什麼時候就喜歡動物園的呢？

小時候的我對動物習性並不特別感興趣，說到健行或踏青也只覺得腳痠，去動物園這件事情本身就是沒來由地令人興奮。知道要去動物園之前好多天就開始期待，而從動物園回家後又要講個好多天。

有一頭誰也忘不了的大象叫林旺。認識林旺的時候牠已經很老了，小朋友都管他叫「爺爺」。林旺出生於一九一七年十月二十九日，跟孫中山、蔣介石一樣都是天蠍座，牠年輕時有個娘砲的名字叫「阿妹」，牠是在緬甸山中日軍潰敗時被收編入國軍的，牠搬運過槍砲糧食、徒步走過中緬邊境的山路、在廣州協助建造過「抗戰烈士紀念碑」、還表演馬戲募款解救過湖南饑荒，在牠被孫立人將軍用船接到台灣的時候，牠的十二隻戰象同袍已經全數死亡。在一九五四年，阿妹搬進圓山動物園，正式改了一個響亮的名字林旺，跟來自緬甸的三歲小姑娘馬蘭結婚，夫婦年齡差三十四歲，從此成為台北市的明星。

林旺晚年的脾氣一直不好，牠經歷過一場痛苦的大腸瘤手術，從此看到獸醫和飼養員就發飆，每年的十一月到五月也是牠的「狂暴期」，經常撞傷自己，於是只好把牠鍊住，限制行為又引發了其他健康問題，直到擴建象欄才減緩。木柵新動物園裡為林旺和馬蘭建了寬闊的「白宮」，牠還是經常發怒，還曾經把馬蘭踢到溝裡，因為關節炎嚴重，很多時候牠就泡在水裡，減輕體重的負擔。林旺就像那些穿著汗衫、露出「殺朱拔毛」刺青、坐在眷村口、面露不悅的爺爺一樣，帶著強行軍過後留下的孤獨記憶，用誰也聽不懂的鄉音抱怨著身體的病痛，時不時會痛罵外籍新娘老婆，但當老婆不在視線內時，又會驚慌失措。馬蘭竟然在二〇〇二年先林旺一步離世，失去老伴的林旺經常對著象欄發呆，過了一年後牠也過世了。林旺活了八十六歲，是世界紀錄最長壽的亞洲象，牠這一生活得還真不輕鬆，走過顛沛流離的戰爭歲月、又挺過各種威脅性命的重大疾病，到了最後，林旺其實最怕的是寂寞。這麼有名的大象真是絕無僅有，直到現在我們去到動物園裡的大象白宮，看見裡面有大象，而牠們的名字竟然不叫林旺和馬蘭，還是覺得有點哪裡不對勁。

2013 年的圓山兒童樂園

二〇一四年動物園的大象館修繕中，象借住在河馬家

戒嚴令在一九八九年解除，有了第一個不姓蔣的總統，經濟發展得很好，台北市區人口大增，需要擴建動物園的時候，碰到一個難題，圓山動物園沿山而建，這本是很可愛的事情，但是這座山剛剛好有很多史前遺跡：圓山遺址最早可以追溯到六千年前，當時台北市只是一座大湖，而住在湖邊的新石器時代圓山人吃完貝類便把殼往山後一扔，堆出了一座貝殼山，叫做「圓山貝塚」。除此之外，圓山表面上綠意盎然，但圓山岩盤下方的坑道長約兩百米，七十年前的日據時代建造，據說裡面埋了很多黃金，不過當時還是國軍防空指揮所，軍事要塞當然不可能讓路。

於是便有了動物園搬家大計劃。

動物園搬家的日子是一九八六年九月十四日，那是一個晴朗的星期天，新公園周邊都是賣吹泡泡水的小販，我爸把妹妹扛在肩上，我抓著一台潛望鏡，在愛國西路一帶等著動物搬家的隊伍經過。從圓山到木柵新園總共十四點三公里，在離開圓山的時候，搬遷護送的行程單中還有「向蔣公遺像致敬」的環節，很有那個時代的風格。準備搬家的工作花了很多天，得把動物餵飽、將獅子麻醉、把象龜洗乾淨、再好好哄騙那些猴子和猩猩，特別難對付的是當時變得多疑的林旺，幾十個人花了八小時才把牠「騙」進特別訂製的超大貨櫃，那個貨櫃現在還在木柵動物園裡展示。

搬家隊伍延綿了幾公里，有樂儀隊、警車開路，在中正紀念堂、台灣大學前有定點表演，木柵新園前廣場小朋友舞獅歡迎動物入住，有幾十萬人在夾到圍觀，那天非常炎熱，許多人打著洋傘，行道樹上掛滿了想看得更清楚的小朋友。

動物園搬家的那天，在我的記憶中是充滿煙花粉彩的美好日子，是我對過世父親稀薄的回憶中，特別具體的一天。我記得長頸鹿屁股坐在貨櫃裡、頭頸卻伸出車外（除了這樣也沒別的辦法啦）、記得看見老虎在裝飾得很花俏的花車裡打呵欠，記得如此，但人腦很不可靠，誰知道我不是事後才把這些細節填進記憶裡的呢？

兩年前，我成為台北動物園的認養人，認養卡上面雲豹照片盯著我的照片，可能很驚訝吧，牠們竟然要絕種了。

一個炎熱初夏的日子，我報上了認養人限定的活動，進入動物園後場見習，在未對民眾開放的區域，有很多嚴謹的保護和研究工作在這裡進行，這裡的房子讓我想起那些日劇裡古怪學者長期駐守的教學樓，方整簡樸的三層樓建築，外牆爬滿了藤蔓，在夏天開起小花，蟬整天吼個不停。

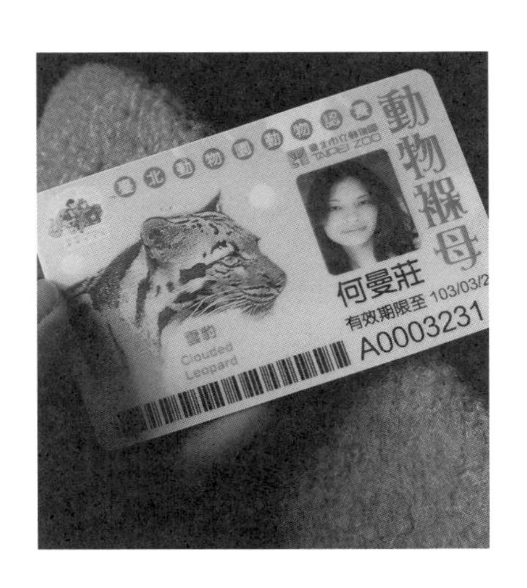

在烈日下的動物園一邊擦汗一邊互相問候，大家穿著雨鞋、踩過一池消毒水，我們去看了老虎，六隻老虎的住所門口寫著一週菜單，「迷迭香雞腿」、「英國燉牛肉」等台灣女孩式的頑皮語氣，飼養員中也確實有很多可愛女孩（諸位台北市民，是否也想加入認養計劃了呢？）。關於老虎的飲食，每個星期必須挑出兩餐讓老虎餓肚子，因為大貓的胃天生不是用來餐餐吃飽的，必須擇日讓牠餓一餐才能保持健康，另外，經常要把食物藏在不同的地方讓牠們探索，飼養員總是絞盡腦汁想出新招，又瞬間就被老虎破解，這樣的工作叫做「動物行為多樣化」，在大陸則稱「豐容」。我站進飼養老虎的獸欄，被綠色的網龍全面包圍，瀑布般的黃金葛藤蔓從頂上垂掛，虎在離我五十公分的籠裡走動，我能感到牠每踩下一步揚起的風吹拂著我，牠的斑紋美到讓人畏懼，同時提示著告別的悲傷。離開虎欄，爬過一條陡梯去到另一處大型圍欄，已經長成一座小山的紅毛猩猩露出「矮油」的表情看著我們，牠原本是被抱在女星手腕上的小寵物，但現在牠在這裡，沉重的、癟嘴的，看著山壁上的姑婆芋，雨水從葉緣滴落土地。這令人興奮又有點擔憂的後場，還有復育成功的緬甸星龜和台北樹蛙，台北特有種的樹蛙幼兒，嬌小如指甲大，半透明的身體，像所有美好的事物一樣，晶瑩剔透，但是極度脆弱。

我在保育中心門外，做好心理準備，走進兩個比外面更熱的溫室，這兩個各是調整成非洲沙漠與熱帶雨林溫濕度的兩棲爬蟲收留所，上百隻冷血動物住在兩間五十坪見方的研究室裡，保守地說是物滿為患，精確地說已經到了收養的極限了。院子哩，我看著從裡排到外的橘紅色水箱，每一個水箱裡裝著一隻鱷龜，鱷龜是地表上咬合力第二大的動物，牠咬了甚麼東西就不會鬆口，所以只能住「單人房」，因為有攻擊性，也不能放到外面去，哪裡來的？自從一九八〇年代台灣人變有錢之後，到處買動物來養又棄養的人就太多了，幾年前不是在大安森林公園發現過一隻被棄養的鱷魚嗎？那隻鱷魚大概一開始被動物商說成「不會長大」的寵物鱷魚吧，但是，沒有長不大的鱷魚，就像不可能會有不咬人的鱷魚啊！

這裡也收了很多不咬人的，變色龍、陸龜、草食蜥蜴，牠們大部分是跨海走私而來，所以根本無法在台灣放生（首先可能活不了，再者，會影響台灣的生態平衡），因為是非法進口的，也不可能找人收養，更不可能送回母國，那怎麼辦？只能養牠們直到生命的盡頭。

生命盡頭？可是這裡有那麼多烏龜耶。

「對啊，到那時候我們都不在這裡了呢。」保育員哥哥平靜地說。

動物園是一座記憶載體，把美好的回憶牢牢地抓在地上。當你看見面前一座動物園，它其實不只是一座動物園，它是一個城市的記憶，保存著曾經在這裡活著的人與動物的大小回憶。除了地震、火災、海嘯、暴動和恐怖攻擊，一座城市也可以擁有玫瑰色的、糖果氣味的、或者動物嘰嘰叫佐以遊行鼓號樂的集體記憶。

經過很多年以後，當你想起某個親愛的人，想起你曾經跟他同遊動物園，在那裡歡笑嬉鬧、或是賭氣流淚，不管那天是晴是雨，你都深深懷念與他共度的一天。

那個人可能已經不在，但是動物園仍然在這裡。

附錄一

年代記 Chronology

西元	事件
1640	巴黎植物園對公眾開放
1726	法蘭西斯科・羅美洛成為第一個在鬥牛中離開馬背與牛近距離平視並使用紅色斗篷的鬥牛士
1732	法屬模里西斯島上最後一隻塞席耳巨龜名叫「馬利恩的龜」
1737	英國流行血腥遊戲「丟公雞」
1739	布豐伯爵接任巴黎植物園總策劃人
1755	伏爾泰改編的《趙氏孤兒》在巴黎公演
1789	法國大革命爆發，路易十六與皇后逃離凡爾賽宮
1793	國民大會決議，凡爾賽宮內珍禽異獸捐贈至巴黎植物園附設百獸園
1800	法屬西非群島上共十二種巨龜宣告滅絕
1819	英國不列顛東印度公司雇員史丹福・萊佛士登陸新加坡，並開始管轄該地區。
1826	倫敦動物學會成立
1828	四月二十七日，倫敦動物園對外開放
1844	尼采在德國出生，馬克斯和恩格斯在巴黎相遇
	英國鐵工業年產量達到三百萬噸
	作者不詳之《造物自然史遺跡》暢銷
	（西）柏林動物園開園
	卡爾・哈根貝克出生
1848	法國二月革命，拿破崙當選共和國總統
1851	梅爾維爾的《白鯨記》出版，只賣出五本，後出版社失火庫存付之一炬
1858	達爾文著作《物種源始》出版
1860	英法聯軍攻入北京火燒圓明園，石玉昆在京城說書，《三俠五義》大流行
1870	普法戰爭，巴黎被圍困，適應化公園的動物被充當皇家糧食
1871	羅馬競技場被四百多種植物層疊覆蓋，重修工程展開
1892	電影《教父》當中的教父維多・柯里昂出生
1898	倫敦地鐵滑鐵盧線開通
	西頓《我所知道的動物》出版
1899	美國紐約布朗克斯開園
1901	科學家認定霍加狓是長頸鹿近親
1902	柏林第一條地鐵U2在動物園底下開通
	美國費城商人收購大聯盟運動家隊，被說是買了一隻「白象」
1908	光緒帝駕崩前五個月，北京動物園前身農業試驗場完工，對公眾開放，票價是銅元八枚
	三歲的愛新覺羅 ・ 溥儀登基為帝
	哈根貝克在德國建立影響全世界現代化動物園設計的漢堡哈根貝克動物園
	哈根貝克為羅馬規劃現代化動物園

1912	約莫是象龜喬治誕生的年份
	清朝滅亡
1917	溥儀第一次復辟十二天
	大象林旺誕生
1921	歐洲經濟的黃金時期，爵士年代開始
1924	義大利法西斯黨贏得大選
1926	北京動物園起用兩名身高超過兩米之巨人售票員
1929	大蕭條席捲歐洲前最後的繁榮時刻
1930	福克納出版《當我彌留之際》
1931	（偽）滿洲國成立，溥儀再度登基
1933	義大利對衣索比亞發動侵略戰爭
	羅馬動物園擴建拉斐爾・狄・維可設計兩棲館和大鳥園
1934	魯貝特金事務所「Tecton」設計的倫敦動物園企鵝池落成
1936	西班牙內戰，詩人洛爾卡在家鄉被處決
	喬治・歐威爾在巴塞隆納參戰
	紐約名媛為美國帶回第一隻熊貓
1938	日本佔領中國東北，長春動物園前身「新京動植物園」始建
1939	日軍七三一部隊設細菌實驗基地於哈爾濱郊區
1940	奧斯威辛猶太人集中營動工
1941	盟軍轟炸柏林，動物園全毀
	太平洋戰爭爆發
1943	日軍以國防安全為由下令國內動物園毒殺大型動物及猛獸
1945	冷戰對峙開始
1947	大象林旺渡海來台
1948	長春動植物公園被當成練兵場
1949	德意志民主共和國（東德）成立，東西德分裂
1953	德國工人運動，蘇聯坦克進入東柏林
1954	上海動物園前身西郊公園對公眾開放
	哈爾濱動物園門票兩毛錢
	大象林旺搬進台北圓山動物園
1955	（東）柏林動物公園落成開園
1956	約翰・凱吉的前衛音樂作品〈四分三十三秒〉首演
1957	最高蘇維埃主席訪京，熊貓姬姬出訪莫斯科
1958	蘇聯發行關漢卿郵票
1959	台灣中部發生八七水災
1960	長春植物園復育
1961	海明威舉槍自盡

1962 倫敦動物園史諾登百鳥園動工
柯達公司推出第一款幻燈片投影機——「旋轉木馬」
鬥牛士貝爾蒙特舉槍自盡
1963 世界章魚摔角冠軍杯在美國西岸華盛頓州舉行
達利宣稱佩皮尼昂老火車站為宇宙的中心
四川臥龍熊貓基地成立
1964 倫敦動物園鳥園史諾登百鳥園完工
1965 新加坡脫離馬來西亞立國
1966 文革十年開始
1968 巴黎學運
1969 大象林旺切除大腸瘤
1972 卡爾維諾出版《看不見的城市》
倫敦地鐵滑鐵盧線更新為七節式車廂
1973 路・瑞德發行專輯《柏林》
1974 三毛隨夫定居撒哈拉沙漠之西班牙屬地，開始連載撒《撒哈拉的故事》
1975 陸龜迪亞哥入住加拉帕哥國家公園，自此總共生育六百隻小龜
1977 平克・佛洛伊德發行專輯《動物》，用一隻飛行充氣豬的照片當封面
派蒂・史密斯在訪談裡證實自己一邊眼睛差點失明
1980 大熊貓寶寶從中國前往入住柏林動物園
1981 熊貓佳佳搭乘專機前往美國配種
1984 北京動物園創下年客量一千兩百萬人次的驚人紀錄
四川臥龍竹子大量開花
1986 九月十四日台北動物園搬家大遊行
1988 電影《末代皇帝》獲得九項奧斯卡金像獎
北京八達嶺野生動物園在長城邊上開幕
1989 柏林圍牆倒塌，東西德統一
蘇聯解體、冷戰結束
1990 U2樂隊到柏林錄製專輯
東柏林動物公園園長過世
1991 M. O. S. 大舞廳在倫敦開幕
1992 南斯拉夫共和國解體
長春舊火車站以爆破方式拆除
1993 詩人顧城與妻子謝燁同一天去世
1994 世上第一個夜間動物園在新加坡開幕
村上春樹造訪中國長春、哈爾濱和諾門罕戰役遺址等地
中國第一隻在高寒地帶出生的大象「濱濱」在哈爾濱出生
王家衛電影《東邪西毒》在香港上映

1995	米蘭昆德拉出版《緩慢》
1996	魔比推出專輯《動物權利》，銷售奇差，樂評冷淡
1999	法國人口普查：全國共有一百七十萬名「潛在穆斯林」
2003	哈爾濱老動物園關閉
	哈爾濱大象濱濱到西安巡演，風濕加劇
	八達嶺野生動物園猴山發生政變，新猴王星星即位，舊猴王流亡籠外
	大象林旺過世
2004	哈爾濱北方森林動物園在郊區開幕
	反對北京動物園搬遷市民運動展開
2005	七月七日倫敦地鐵爆炸案造成五十二人死亡，自此地鐵全線監視攝影機數量激增至一萬兩千個
	「大象與城堡」購物中心被票選為最醜建築
2006	柏林動物園小北極熊努特出生，動物園史上收益最高年
	因O2體育館興建而移除約五十公尺的柏林圍牆紀念碑East Side Gallery
2007	銀背大猩猩Bokito「戀愛攻擊」事件
2008	哈爾濱北方森林動物園老虎吃人事件
2010	北極熊努特猝死，死因不明
	一種全新發現、已絕種的抹香鯨化石以白鯨記作者梅爾維爾命名
	瀋陽郊外的森林野生動物園爆出餓死十一隻東北虎
	墨西哥外海BP油田發生史上最大漏油事件
2011	台灣家貓數量達到三十七萬兩千九百五十一隻
	三一一日本海嘯，福島第一核電廠爆炸
	義大利有一萬隻鳴禽被捕殺
2012	倫敦奧運
	六月二十六日象龜喬治死亡
	西班牙加泰隆尼亞省通過法令禁止鬥牛
	柏林熊貓寶寶以破紀錄高齡三十四歲過世
2013	歐盟最高建築夏德塔於倫敦完工。
	倫敦動物園內有八百零六種、共一萬九千一百七十八隻存活動物。
	歷經十三年的田野調查結束，台灣雲豹可能已經滅絕
	接近一千隻犀牛在南非境內被盜獵射殺
	哈爾濱大象濱濱過世
	三隻生病的大象從加拿大多倫多搭車前往美國加州安養
	內蒙古阿拉善盟發現七十年來第一隻雪豹蹤跡
	義大利生育率全球排名降至第兩百零三名
2014	丹麥哥本哈根動物園公開宰殺長頸鹿馬略
	台北市立動物園慶祝建立一百周年

旅途 Itinerary

2012

05. 12 台北市立動物園 Taipei City Zoo, Taipei, Taiwan
05. 25 倫敦大象與城堡購物中心 Elephant and Castle Shopping Center , London, UK
05. 19 倫敦自然科學博物館 Natural History Museum, London, UK
05. 20 倫敦紅磚道 Brick Lane, London, UK
05. 22 倫敦動物學會動物園 Zoologist Society of London, London Zoo, London, UK
06. 01 巴黎植物園之附設動物園 Jardin des Plantes, Paris, France
06. 02 巴黎布隆尼森林公園動物遊樂園 Jardin d' Acclimatation, Bois de Boulogne, Paris, France
06. 07 柏林動物園 Zoo Berlin, Berlin, Germany
06. 08 柏林動物公園Tier Park, Berlin, Germany
06. 08 柏林圍牆舊址公園 / 東城畫廊 Mauerpark / East Side Gallery, Berlin, Germany
06. 14 上海市動物園Shanghai Zoo, Shanghai, China
09. 16 新加坡夜間動物園Night Safari, Singapore, Singapore
12. 16 北京動物園Beijing Zoo, Beijing, China

2013

02. 14 台北圓山動物園舊址 Former site of Yuanshan Zoo, Taipei, Taiwan
05. 26 北京八達嶺野生動物 Beijing Badaling Wildlife Zoo, Beijing, China
06. 22 瀋陽市萬泉動物園舊址 Former site of Wanquan Park Zoo, Shenyang, China
06. 25 長春動植物公園 Changchun City Zoo & Botanical Garden, Changchun, China
06. 28 哈爾濱北方森林動物園Northern Forest Zoo (New Harbin Zoo), Harbin, China
09. 08 佩皮尼昂火車站Gare de Perpignan, Perpignan, France
09. 09 帕拉瓦萊弗羅海灘 Palavas-les-Flots Beach, Languedoc-Roussillon, France
09. 10 蒙彼利爾動物園Montpellier Zoo, Montpellier, France
09. 12 羅馬競技場 Colosseo, Rome, Italy
09. 13 羅馬生態公園Bioparco di Roma, Rome, Italy
11. 19 上海市動物園Shanghai Zoo, Shanghai, China
11. 22 杭州動物園 Hangzhou Zoo, Hangzhou, China

2014

02. 13 台北市立動物園 Taipei Zoo, Taipei, Taiwan
03. 10 昆明圓通山動物園 Kunming Zoo, Kunming, China
03. 20 清邁美望大象營 Mae Wang Elephant Camp, Chiang Mai, Thailand

附錄三

參考資料 References

自序：第二隻長頸鹿 Preface : The Second Giraffe in Copenhagen

親愛的大象先生	羅曼・加里	Dear Elephant, Sir	Romain Gary	1967
國外動物福利管理與應用	中國動物疫病預防控制中心	Animal Rights Management and Applications	The Center for Animal Disease Control and Prevention, P.R. China	2009

I：倫敦動物園：逛動物園階級的興起 London Zoo : The Rise of The Zoo-Goer Class

一九八四	喬治・歐威爾	Nineteen Eighty-Four	George Orwell	1949
第十二夜	莎士比亞	Twelfth Night	William Shakespeare	1601
發條橘子	史丹利・庫伯力克	A Clockwork Orange	Stanley Kubrick	1971
贖罪	喬・萊特	Atonement	Joe Wright	2007
物種源始	達爾文	On the Origin of Species	Charles Robert Darwin	1859

平克・佛洛伊德的豬 Pink Floyd Pigs

欲望之翼	文・溫德斯	Der Himmel über Berlin/Wings of Desire	Wim Wenders	1987
悲情城市	侯孝賢	A City of Sadness	Hou Hsiao-hsien	1989
左傳	左丘明	Zuo Zhuan	Zuo Qiuming	Approx. 389 B.C.
歷史	希羅多德	Histories	Herodotus	440 B.C.
PIG 05049	克莉絲汀・麥德斯瑪	PIG 05049	Christien Meindertsma	2008
動物	平克・佛洛伊德	Animals	Pink Floyd	1977
動物農莊	喬治・歐威爾	Animal Farm	George Orwell	1945
牆	平克・佛洛伊德	The Wall	Pink Floyd	1982

II：巴黎植物園：物種的漫長散步 Jardin des Plantes Paris : A Long Walk for Species

巴黎，賽啦！	史蒂芬・克拉克	A Year in the Merde	Stephen Clarke	2004
少年Pi的奇幻漂流	李安	Life of Pi	Ang Lee	2012
人權和公民權宣言	法國國民議會	Déclaration des Droits de l'Homme et du Citoyen	Assemblée Nationale Constituante	1789

象龜孤獨的理由 Reasons for Tortoise George's Lonesomeness				
隱蔽生活	保羅・錢伯斯	A Sheltered Life: The Unexpected History of the Giant Tortoise	Paul Chambers	2005
失落的動物：20世紀滅絕動物記錄	NHK 企劃小組	Lost Animals In 20th Century	NHK Publishing	1998
III：巴黎遊樂園：旋轉木馬的終端 Jardin d'Acclimatation Paris：At The End of The Carousel				
變臉	吳宇森	Face/Off	John Woo	1997
家政婦三田	豬股隆一	家政婦のミタ（Kaseifu no Mita）	Inomata Ryuichi	2011
末路車神	德瑞克・安佛蘭斯	The Place Beyond the Pines	Derek Cianfrance	2005
火車怪客	希區考克	Strangers on a Train	Alfred Hitchcock	1951
廣告狂人	馬修・維納	Mad Men	Matthew Weiner	2007
巴黎惡犬 Toughest Dogs in Paris				
恨	馬修・卡索維茲	La Hain	Mathieu Kassovitz	1995
狗	戴龐	Le Chien	Taipan	2012
要錢不要命	五角	Get Rich or Die Tryin'	50 Cents	2003
參見法語嘻哈狠角色	Vice	Meet France's Toughest Rappers	Vice	2012
都在腦中	Zoxea	Tout Dans La Tête	Zoxea	2012
有人告訴我	卡拉・布妮	Quelqu'un M'a Dit	Carla Bruni	2005
鬥牛士的愛與鮮血 Love and Blood of A Bullfighter				
為了鬥牛士桑切士・米須亞斯之死而哭	洛爾卡	Llanto por la muerte de Ignacio Sánchez Mejías	Federico García Lorca	1935
老爸的笑聲	卡洛斯・卜婁杉	The Laughter of My Father	Carlos Bulosan	1944
午後之死	海明威	Death in the Afternoon	Ernest Hemingway	1932
玩美女人	阿莫多瓦	Volver	Pedro Almodóvar Caballero	2006
女人們	愛斯特拉・莫倫特	Mujeres	Estrella Morente	2006
劇場以其複象	翁托南・阿鐸	The Theatre and Its Double	Antonin Artaud	1985

IV：｛西｝柏林動物園：在這擁擠的星球上 {West} Berlin Zoo : Life on This Crowded Planet

注意點兒！寶貝	U2	Achtung Baby	U2	1991
造物自然史之遺跡	羅伯特・錢伯斯	Vestiges of the Natural History of Creation	Robert Chambers	1844
大亨小傳	費茲傑羅	The Great Gatsby	F. Scott Fitzgerald	1925
西線無戰事	雷馬克	Im Westen Nichts Neues / All Quiet On the Western Front	Erich Maria Remarque	1929
我們在哪裡？	大衛・鮑伊	Where Are We Now?	David Bowie	2013

戀愛中的銀背大猩猩 Bokito: A Silverback Gorilla in Love

一九九六	坂本龍一	1996	Samamoto Ryuich	1996
觀猩眼鏡（FBTO保險廣告）	DDB阿姆斯特丹	Bokito Viewers Campaign for FBTO Insurance	DDB Amsterdam	2007

狓的四分三十三秒淺眠 Okapi's 4' 33" Light Sleep

四分三十三秒	約翰・凱吉	4' 33"	John Cage	1956
四分三十三秒是音樂嗎？TEDx曼徹斯特大學公開課	朱利安・多德	Is John Cage's 4'33" music? TEDx University Of Manchester	Julian Dodd	2013
剛果霍加狓保育區影像	Wildlife Direct	Video: Okapi, Okapi Wildlife Reserve, Congo	Wildlife Direct	2007

戰爭中的動物園 Zoos During Wartime

地下社會	艾米爾・庫斯托力卡	Underground	Emir Kusturica	1995
大象花子	河野圭太	ゾウのはな子 / Hanako the Elephant	Kono Keita	2007

V：｛東｝柏林動物公園：再見列寧 {East} Berlin Tierpark : Good bye, Lenin!

再見列寧	沃夫岡・貝克	Good bye, Lenin!	Wolfgang Becker	2003
柏林	路・瑞德	Berlin	Lou Reed	1973
地下絲絨與妮可	地下絲絨	The Velvet Underground & Nico	The Velvet Underground	1967

媽媽請妳也保重 Take Care of Yourself, Mama

駱駝駱駝不要哭	Byambasuren Davaa, Luigi Falorni	The Story of the Weeping Camel	Byambasuren Davaa, Luigi Falorni	2003
小飛象	山繆・阿姆斯壯、諾曼・佛格森、威爾福瑞德・傑克森、傑克・金尼、比爾・羅伯茲、班・薛伯史汀、約翰・艾洛特	Dumbo	Samuel Armstrong, Norman Ferguson, Wilfred Jackson, Jack Kinney, Bill Roberts, Ben Sharpsteen, John Elliotte	1941

小北極熊努特：一隻小北極熊如何征服全世界的故事	茱莉亞、伊莎貝拉、克雷格、傑瑞德、柏林動物園等	Knut：How One Little Polar Bear Captivated the World	uliana Hatkoff, Isabella Hatkoff, Craig Hatkoff, Gerald R. Uhlich	2007

VI：蒙彼利耶動物園：緩慢 Montpellier Zoo : Slowness

佩皮尼昂火車站	達利	La Gare de Perpignan	Salvador Dalí	1965
向加泰隆尼亞致敬	喬治・歐威爾	Homage to Catalonia	George Orwell	1938
當我彌留之時	福克納	As I Lay Dying	William Faulkner	1930
緩慢	米蘭・昆德拉	La Lenteur / Slowness	Milan Kundera	1994

獨角獸、犀牛、派蒂・史密斯 Unicorn, Rhinos, and Patti Smith

世界末日與冷酷異境	村上春樹	世界の終りとハードボイルド ワンダーランド Hard-Boiled Wonderland and the End of the World	Murakami Haruki	1985
處女與獨角獸	多梅尼欽諾	The Virgin and the unicorn	Domenichino	1602
派蒂・史密斯歌迷俱樂部手記	作者不詳	The Patti Smith Fan Club Journal	N/A	1977

跟三月兔一樣瘋 Mad As A March Hare

波特經典童話故事集	碧雅翠絲・波特	The World of Peter Rabbit	Beatrix Potter	1902-1930
灰狗公主	神澤利子	銀のほのおの国	神沢利子	2003
愛麗絲夢遊仙境	路易斯・卡洛爾	Alice's Adventures in Wonderland	Lewis Carroll	1865
兔子洞	大衛・林賽—阿貝爾	Rabbit Hole	David Lindsay-Abaire	2006
挖開兔子洞：深入解讀愛麗絲漫遊奇境	路易斯・卡洛爾、約翰・坦尼爾、張華	Well in the Rabbit Hole: A New and Closer Look at Alice's Adventures in Wonderland, An Annotated Chinese Translation	Lewis Carroll, John Tenniel, Chang Hwa	2010
兔子、快跑	約翰・厄普戴克	Rabbit, Run	John Updike	1960
當時，上帝是一隻兔子	莎拉・溫曼	When God Was A Rabbit	Sarah Winman	2011

VII：夜間動物園：去新加坡睡午覺 Night Safari : Taking A Nap in Singapore

月亮與六便士	毛姆	The Moon and Sixpence	William Somerset Maugham	1919

貓布丁的作法 Recipe for The Roly-Poly Cat Pudding

狐狸的故事	三村順一	キタキツネ物語	三村順一	1978
真實的勇氣	查爾斯・波帝斯	True Grit	Charles Portis	1968
我是貓	夏目漱石	吾輩は猫である / I Am A Cat	Natsume Soseiki	1905

貍所渴望的幸福 The Happiness That Tanukis Could Possibly Long for

宋元戲曲史	王國維	The History of Chinese Drama in Song- Yuan Dynasties	Wang Guowei	1915
感天動地竇娥冤	關漢卿	The Injustice to Dou E	Guan Hanqing	Approx. 1210~1300
冤報冤趙氏孤兒	紀君祥	The Orphan of Zhao	Ji Junxiang	Approx. 1400s
中國孤兒	伏爾泰	L'Orphelin de la Chine	Voltaire	1755
七俠五義	石玉昆	The Seven Heroes and Five Gallants	Shih Yukun	1879
平成狸合戰	高畑勳	平成狸合戦ぽんぽこ	高畑勲	1994
總有誰在你身邊	上上颱風	いつでも誰かが	上々颱風	1994

VIII：上海動物園：男女繼續沉醉 Shanghai Zoo : Men, Women, Keep Dreaming

半生緣	張愛玲	Eileen Chang	Eighteen Springs	1948
紅玫瑰與白玫瑰	張愛玲	Eileen Chang	The Red Rose and the White Rose	1944
三毛	滾滾紅塵	Sanmao	Red Dust	1990

愛是一條狗 Amores Perros

上了炸藥的狗	亨利・勞森	The Loaded Dog	Henry Lawson	1901
二十五小時	史派克・李	25th Hour	Spike Lee	2002
狗的風光日子	阿爾奇・韋勒	Day of the Dog	Archie Weller	1981
犬的記憶	森山大道	犬の記憶 / Memories of A Dog	Moriyama Daido	1982
偷拐搶騙	蓋・瑞奇	Snatch	Guy Ritchie	2000
愛是一條狗	亞歷安卓・岡札雷・伊納利圖	Amores Perros Love's a Bitch	Alejandro González Iñárritu	2000
重慶森林	王家衛	Chungking Express	Wang Kar-Wai	1994

雷恩・葛斯林是一隻袋鼠 Ryan Gosling is A Kangaroo				
藍色情人節	德瑞克・安佛蘭斯	Blue Valentine	Derek Cianfrance	2010
落日車神	尼可拉斯・韋汀・雷恩	Drive	Nicolas Winding Refn	2011
選戰風雲	喬治・庫隆尼	The Ides of March	George Clooney	2011
末路車神	德瑞克・安佛蘭斯	The Place Beyond the Pines	Derek Cianfrance	2005
惟神能恕	尼可拉斯・韋汀・雷恩	Only God Forgives	Nicolas Winding Refn	2013
你是一個夢	P. R. O. U. D.	Ter Keu Kwarm Fun You are a dream	P. R. O. U. D.	2013
IX：長春動植物公園：滿洲的春天 Changchun Zoo and Botanical Garden : The Manchurian Spring				
滿州候選人	理查・康頓	Manchurian Candidate	Richard Condon	1959
末代皇帝	貝托魯奇	The Last Emperor	Bernardo Bertolucci	1987
大新京都市計畫	小磯國昭、岡村寧次	The Great Urban Planning of New Capital	Koiso Kuniaki, Okamura Yasuji	1932
邊境・近境	村上春樹	辺境・近境 / Borderlands, Bordering	Murakami Haruki	1998
地球上只有一個地方能讓信鴿滿意 There's One Place in The World That Can Satisfy A Homing Pigeon				
巴黎評論：小說的藝術二十一	海明威、喬治・普林普頓	The Paris Review: The Art of Fiction No.21	Ernest Hemingway, George Plimpton	1954
信鴿花脖子	唐・戈培爾・繆卡吉	Gay Neck: The Story of a Pigeon	Dhan Gopal Mukerji	1927
戰鴿快飛	蓋瑞・查普曼	Valiant	Gary Chapman	2005
我所知道的野生動物	歐尼斯特・湯普森・西頓	Wild Animals I Have Known	Ernest Thompson Seton	1989
動物英雄	歐尼斯特・湯普森・西頓	Animal Heroes	Ernest Thompson Seton	1905
X：哈爾濱北方森林動物園：大象出差了 Harbin Zoo : The Elephant on A Business Trip				
太平湖	顧城	Lake Taipin	Gu Cheng	1993
白雪烏鴉	遲子建	White Snow and Crow	Chi Zijian	2010
鋼的琴	張猛	The Piano In A Factory	Zhang Meng	2010
千鈞・一髮	高群書	Old Fish	Gao Qunshu	2008

大象與城堡 The Elephant and The Castle				
看不見的城市	伊塔羅・卡爾維諾	Le Città invisibili	Italo Calvino	1970
掛念	瑪丹娜	Hung Up	Madonna	2005
社區：大象與城堡		Community: The Elephant & Castle		
白象般的群山	海明威	Hills Like White Elephants	Ernest Hemingway	1927
沒有女人的男人	海明威	Men Without Women	Ernest Hemingway	1927
白鯨，毀滅還是重生 The White Whale: Destroy or Reborn				
白鯨記	赫爾曼・梅爾維爾	Moby Dick	Herman Melville	1851
紅字	霍桑	The Scarlet Letter	Nathaniel Hawthorne	1850
萬物失常	魔比	Everything is Wron	Moby	1995
動物權利	魔比	Animal Rights	Moby	1996
玩	魔比	Play	Moby	1999
XI：八達嶺「野生」動物園：跳舞的熊 Badaling "Wildlife" Park: Dancing Bears				
流浪者之歌	艾米爾・庫斯托力卡	Time of The Gypsies	Emir Kusturica	1988
挨鞭僮	席德・弗雷希門	The Whipping Boy	Sid Fleischman	1987
哭泣的駱駝 Weeping Camels				
東邪西毒	王家衛	Ashes of Time	Wang Kar-wai	1994
阿拉伯的勞倫斯	大衛・連	Lawrence of Arabia	David Lean	1962
駱駝祥子	老舍	Rickshaw Boy	Lao She	1939
丁丁歷險記：太陽神的囚徒	艾爾吉	Les Aventures de Tintin et Milou: Le Temple du Soleil	Hergé	1949
哭泣的駱駝	三毛	Weeping Camels	Sanmao	1977
阿拉善盟最後一隻雪豹 Last Snow Panther in Alxa League				
搖籃曲	烏仁娜	Hodoo	Urna Chahar-Tugchi	1995
美麗的阿拉善（民歌）	（作者不詳）	My Beautiful Alxa (folk song)	N/A	N/A
XII：北京動物園：中國最硬的鐵板 Beijing Zoo: The Monolithic Beijingers				
走進北京動物園	北京動物園	Entering Beijing Zoo	Beijing Zoo	2006
北京動物園搬遷新聞中心	新浪新聞	"Relocating Beijing Zoo" News Center	Sina News	2004

狼的簡單生活 The Simple Life for Wolves				
魔法公主	宮崎駿	もののけ姫 / Princess Mononoke	Miyazaki Hayao	1997
狼災記	田壯壯	The Warrior and the Wolf	Tian Zhuangzhuang	2009
大都會	唐・德里羅	Cosmopolis	Don DeLillo	2003
凱歐狼總是等著	東尼・席勒曼	Coyote Waits	Tony Hillerman	1990
扶桑	嚴歌苓	Fuso	Geling Yan	1996
野性的呼喚	傑克・倫敦	The Call of the Wild	Jack London	1903
快！生一堆火	傑克・倫敦	To Build a Fire	Jack London	1902
海狼	傑克・倫敦	The Sea-Wolf	Jack London	1904
驢背上的帥哥 The Hotness of Donkey Riders				
甄嬛傳	鄭曉龍	The Legend of Zhen Huan	Zheng Xiaolong	2011
唐・吉訶德	塞萬提斯	Don Quijote de la Mancha	Miguel de Cervantes Saavedra	1605
虯髯客傳	杜光庭	Qiu Ran Ke Zhuang	Du Guangting	Approx. 850~993
三國演義	羅貫中	Romance of the Three Kingdoms	Luo Guanzhong	Approx. 1300s
舊唐書	劉昫	Old Book of Tang	Liu Xu	945
生死疲勞	莫言	Life and Death Are Wearing Me Out	Mo Yan	2006
城南舊事	林海音	My Memories of Old Beijing	Platero y yo	1960
小毛驢與我	希美內思	Platero y yo	Juan Ramón Jiménez	1914
攜驢冒險記	R. L. 斯蒂文森	Travels with a Donkey in the Cévennes	Robert Louis Stevenson	1879
阿凡提的故事		Tales of Nasreddin Khoja (Afanti)		Approx. 1200s
本草拾遺	陳藏器	Ben Cao Shi Yi	Chen Cangqi	739
熊貓的政治生涯 Panda: A Political Life				
熊貓的拇指	史帝芬・古爾德	The Panda's Thumb	Stephen Jay Gould	1980
貴婦與熊貓	茹絲・哈克尼斯	The Lady and the Panda	Ruth Harkness	1938
震撼教育	安東尼・福克	Training Day	Antoine Fuqua	2001
黑與白	貝波與西格拉	Blanco y Negro	Bebo & Cigala	2001

XIII：羅馬生態公園：生活在永恆裡 Bioparco di Roma : Days in Eternity				
神鬼戰士	雷利・史考特	Gladiator	Ridley Scott	2000
黑色的白鷺鷥 Oil-Covered Little Egrets				
鍋蓋頭	山姆・曼德斯	Jarhead	Sam Mendes	2005
新聞直播室	艾倫・索金	Newsroom	Aaron Sorkin	2012
船長要抓狂	新寶島康樂隊	Captain Is Going Nuts	New Formosa Band	1992
應該是柴油的	新寶島康樂隊	Should Be Diesel	New Formosa Band	2012
當候鳥成為留鳥 When Migrating Birds Stay				
政治動物：美國動物園與水族館的公共藝術	杰斯・唐納修、艾瑞克・川普	Political Animals: Public Art in American Zoos and Aquariums	Jesse Donahue, Erik Trump	2007
教父II	柯波拉	The Godfather: Part II	Francis Ford Coppola	1974
候鳥來的季節	蔡銀娟	My Dear Stilt	Yin-chuan Tsai	2012
XIV：台北動物園：一座城市的回憶 Taipei Zoo : Memories of A City				
動物園雜誌一二九期〈現在與未來專輯〉	台北市立動物園	Taipei Zoo Quarterly No.129 Now and the Future	Taipei Zoo	2013

給某些人類的感謝信

Thank You Note to Particular Human Beings

其實沒有甚麼遠大動機，起初走進動物園只是想要逃避人類，在路上的兩年，有時喝酒、有時跳舞、有愉快自滿的日子、也有寂寞崩潰的時刻，無論如何，這趟旅途，沒有某些人類的支持與愛護無法完成，謝謝：

何曼瑄，無償美編、全天候陪聊，人生的固定班底，在這裡為你徵婚，願身體健康、言談幽默之單身男士追求之；

楊之儀，從小到大的朋友，動物園攝影展的設計師，我們的身高差一直沒變，果陀一直沒有來，所以我們一直做朋友下去，果陀不會來的妳放心，我們可以一直跳舞；

徐震，慷慨提供倫敦West Hempstead公寓借宿，我的歐洲動物園之旅就此展開；

張怡微，第一趟歐洲回程經上海讓你請了一桌，那之後你往台灣，我到北京，正如波特萊爾所說，人生是一間醫院，我們經常都要換床；

林泰瑋，OKAPI動物園專欄連載一年幕後重要推手，改錯字、下連結、等拖稿、多寫少寫都可以，有這麼好；

李光涵，潘達姐姐，中國文化遺產的溫柔教母，你總是帶給我好運，所以我帶你去動物園玩兒，希望你幸福快樂；

王琳，車神級的女子，那一天咱們一路向北，穿透霧霾去到八達嶺去找大貓，北京有你更美好

Coco Shen, 沈意卿女士，聊天黨書記，從象背上下來之後，我們已成為更好的女人。

Henry Woo and Charade Woo, for always meeting up somewhere in the world,

Sonya Chen, for the tropically laidback tour to the Night Safari and the pork dinner right after

Helene Josephine Bonnet, for the time in Montpellier waking up in your sweet voice saying "Petite dejeuner!" ,

Sandy Yang, for your generous offering of time and space in Shanghai, and for all the fun we had and will have

Wioletta Karwecka, for sharing your life story with me in Rome

Vladimir Ippolitov and the dancers at Grand Théâtre de Genève, for the full run-through of "Mid-Summer Night s Dream"

&

Rob Rekrutiak, for walking me home from the zoo

Sincerely Yours,

XBOX